# 云上

# The Cloud On

赵波/著

GUANGXI NORMAL UNIVERSITY PRESS
广西师范大学出版社
·桂林·

云上
YUN SHANG

出版统筹：多　马
策　　划：多　马
责任编辑：吴义红
助理编辑：鲍洁新
产品经理：多　加　鲍洁新
书籍设计：张志奇工作室
篆　　刻：张泽南
责任技编：伍先林

**图书在版编目（CIP）数据**

云上 / 赵波著. --桂林 ：广西师范大学出版社，2021.5
ISBN 978-7-5598-3680-9

Ⅰ. ①云… Ⅱ. ①赵… Ⅲ. ①长篇小说－中国－当代 Ⅳ. ①I247.5

中国版本图书馆 CIP 数据核字（2021）第 052777 号

广西师范大学出版社出版发行
（广西桂林市五里店路 9 号　邮政编码：541004
网址：http://www.bbtpress.com）
出版人：黄轩庄
全国新华书店经销
湛江南华印务有限公司印刷
（广东省湛江市霞山区绿塘路 61 号　邮政编码：524002）
开本：880 mm × 1 230 mm　1/32
印张：11　　字数：183 千
2021 年 5 月第 1 版　　2021 年 5 月第 1 次印刷
印数：0 001~6 000 册　　定价：56.00 元

---

生活不是我们活过的日子，而是我们记住的日子。我们为了讲述而在记忆中重现的日子。无论走到哪里，都应该记住，过去都是假的，回忆是一条没有尽头的路，一切以往的春天都不复存在。

——加西亚·马尔克斯

# 目 录

# 楔　子

2018年7月的一个夏日早晨，在某种无奈、看不到未来的无助状态中，她准备了几样东西，到长途汽车站坐旅游客车到无锡风景名胜鼋头渚去。一想到自己一生可能都要处于这样茫然的状态就觉得对自己失望，觉得还是不要给任何人添麻烦的好。

她想把自己留在一个水很干净的地方，不回来，永远留在那里。

当然脑子生着病一片混沌的她不知道怎么才能不回来，到了鼋头渚该怎么办。她只是麻木地亦步亦趋跟着排队的人流上车。

到了鼋头渚，各处都有人，最后还是在一个偏僻弃置不用、没有人的游船码头停下来，那里墙上有提示，写着几个字：水深两米。不会游泳的她像电影《时时刻刻》里妮可·基德曼扮演的作家伍尔夫那样慢慢地一步一步走进了水的深处。

也许，二毛把自己当成了悲情电影的女主角。

她在模仿怎么自沉，除了那电影，她并无更多的渠道了解怎么去死。

有人说电影中的伍尔夫与其说是抑郁，不如说是思想太过超前而导致她与当时那个世界格格不入，她在用她的抑郁与周围的一切束缚做斗争，束缚越多越是想飞起来，如果不能飞起来她就宁愿沉下去。

她在反抗。

二毛也想反抗。

伍尔夫与电影中另外两个女主角不同，她一直在为她自己而活也拼命地争取她自己想要的，即使最后这些只有死亡才能带给她。同样陷入抑郁中的人会看到存在本质的其中一面，无法否认伍尔夫的深刻，但抑郁时二毛是浅薄的，她只希望自己好起来，从糟糕的黑洞中逃离，不再理会那些死亡哲学，那些存在无意义哲学。只是想和大多数普通人一样正常生活，仅此而已。一切都没有对错。

无所谓思想超前，所有抑郁的人都会被迫灌输存在无意义的想法。

这就是病。

二毛的痛苦是清楚自己怎么回事又无能为力。

全职家庭妇女有朝一日丧失自主权，成为男人的保姆、孩子的老妈子的话，也会陷入慢性的空虚之中。

如果只因为是女人这样一个简单的原因而反复遭受挫折和失败，就会感到自己无能为力，茫然无助，忧郁的概率也就大大提高。

那个时刻的二毛从码头上漂浮到水的更深处，头脑中大概和伍尔夫一样清醒又模糊，鼋头渚的湖水进入她的耳朵、眼睛，一阵呛痛让她不由咳出声来，两只脚在水中因为踩不到地面失去平衡而开始本能地挣扎。

阳光刺眼，水面安静，码头周边阒无人迹。

她随水浮沉，水漫过耳朵，世界一片失真的寂静。然后被水刺激得难受，脑袋又浮出水面，空气中嗡嗡的声音围绕着她，然后再次沉入水里，又被失重的感觉包围，失去了时间和空间，无法形容的静。

鼻子一阵抽痛。

她不见了之后，不知道留在岸边的红色双肩包和包上的一副墨镜什么时候才能被人发现，那人是据为己有还是交给这里的派出所？包里有钱包和身份证，没有遗言，她对这个世界无话可说。脑袋混沌不知留什么话，也不知给谁才好。

湖水进入她的鼻腔，抽痛，绿色的裙子却像水下的一种海草一般圆圆地鼓了起来，使她的身体横过来，忽上忽下泡着，无法像她想象中那样完全安静地沉到水的最深处，然后和水草待在一起。

这里不是康河，好像有诗人说要在康河的柔波里做一棵水草。

她突然意识到自己忘记在裙子的口袋里塞石头，伍尔夫是那样做的。

或许她寻找死亡的行动做得不彻底，表明她其实不是真的想死，只是想从某种痛苦的煎熬中解脱出来。

当这一切成为过去，她在一本专门研究自杀者心理的书中看到：事实上，只有在克服了这样的恐惧心理以后才能够获得真正的幸福，不应该再逃避一切，按照自己最天然、最纯朴的方式生活，同样可以得到幸福。

活着的人想到自杀，都是由于不安、恐惧和厌恶。这对于任何人来说都是有可能发生的事情，所以任何时候都不要无视自己的第六感觉。自杀者自杀，最重要的心理原因，就是他们对生活彻底失去了希望。一个人完全失去生存的希望之后，最终选择自杀就是自暴自弃。

选择自杀的心理因素多种多样，但都有一个共同点，那就是他们都发出渴望得到帮助的绝望呐喊。当感觉到自己陷入非自杀不可的绝望境地时，他们就会告诉周围的人，并希望得到帮助，这是他们表达自己意愿的最后机会。

自杀的人有十个特点：

他们的目标是摆脱痛苦；

他们正遭受痛苦的心灵煎熬；

他们都有严重的挫折感；

他们陷入绝望和无助的深渊；

他们曾辗转徘徊，犹豫不定；

他们当时没法不让自己钻牛角尖；

他们选择共同的解脱方式；

他们曾经如此渴望沟通和帮助；

一次自杀未遂的经历将成为伴随一生的心结；

大部分自杀者都有情绪障碍。

自杀的心理倾向是可以治愈的，自杀也是可以预防的。日常生活中如何才能够发现没有显露出来的忧郁，以便阻止自杀事件的发生？

自杀者想的最多的其实不是死，他们一直徘徊在生和死的痛苦边缘，非常希望出现另外一条生路，有人给他们指明方向。他们最后听到或者看到的一句话，就足够让他们继续活下去或者立即死去。

生命原本就是如此脆弱。

说自己要死的人可能不会死。

事实上，十个自杀者中有八个人会在自杀前向周围的人发出自杀的信号。

美国影星玛丽莲·梦露在自杀之前，曾经给几十个她认为是朋友的人打电话，只要他们当中有人把她说的话当真，也许她就不会死。

我们对自杀或想要自杀的人的误解在于，认为自杀的人一定想死，这是根本错误的，其实那些宣称要自杀的人，他们真的要死的时候，头脑里仍然很混乱。

很多人是在糊里糊涂中死去了。

死得非常可惜。

2018 年夏天的二毛还在水中挣扎。

眼睛和鼻腔，以及嗓子的刺痛让她无法左右自己，两手乱抓，两脚本能地向岸边划行。

她个子太高了，一米七，不知道过了多久终于还是踏回潮湿的水底泥地。

不知道算是死过一回还是纯粹下水消个暑，她又浑身湿漉漉地戴回自己的墨镜，拿着红色双肩包爬上岸了。

水从头发和紧贴身体的裙子上滴滴答答，有人骑车路过看见也不惊奇，执勤的人照样谈笑风生，他们都以为她只是偷偷游个泳吧，不会想到几分钟前她正在水里惊心动魄地死去活来，宛如一个人的电影，演给自己一个人看——

# 1

## 家庭

像小时候一样天空是灰的，天气很冷，并与人隔绝。二毛不太说话，心里想很多，但无法说出自己的感觉。

我，二毛，是个十恶不赦的女人。

我必须承认这一点。

我有罪。

这个罪，首先来自我的父母，我的家庭。

家庭是什么？

在2004年诺贝尔文学奖获得者耶利内克的戏剧集《病态，又名“现代女性”》里的第二幕开场有这样一个场景：

医生诊所消失了。代替诊所的是一间20世纪50年代风格的漂亮卧室：一对后壁相连的夫妇用单人床、床

> 头柜、床头灯、一台收音机等。只是：床是两具50年代风格的高雅棺材，周围培有土。愉快安逸的情景。右边的风景没有变，只是灯光有些暗淡得让人害怕。许多墓地十字架或墓碑。那只我们已经熟识的蝙蝠间或飞过。这样很好。谢谢。左侧的夫妻用单人床上舒适地躺着艾米莉和卡米拉，后者头上戴着发卷。艾米莉的棺材上架了一块板，上面放着一台手提打字机。两台冰柜放在显而易见的地方。“家庭”。[1]

小时候就觉得家里有种阴沉的气氛。

不知道别人家的小孩有没有像二毛这样复杂，有没有从小就感受到来自家庭的压力、父母的压力。

父母的不和从小就像山压得她透不过气来。

不知道中国有多少像她父母一样的夫妻，即挑剔内向的处女座碰到了活力四射善良热心的射手座，哪跟哪都不搭，一辈子是孽缘，磕磕碰碰，没有互相的理解和沟通，更谈不上爱情，却因缘际会错误地结伴走到了一起。

在二毛很早很早以前的记忆里，在父母还是知识青年住在农场没有回城的时候，母亲曾经用身体挡住家门不让父亲

① 埃尔弗里德·耶利内克：《娜拉离开丈夫以后：耶利内克戏剧集》，焦庸鉴等译，深圳报业集团出版社2005年版，第225页。

晚上出去打牌，当时我们住在老乡提供给父母结婚用的一间牛棚里，真的是以前关牛的牛棚。有一次父母在床上吵架，吵着吵着父亲一脚把母亲从床上踢到了床下。

开心的时候也有，母亲去给村里的小学做代课老师，二毛反背着双手像个领导一样在教室里走来走去地巡逻。父亲去给村里做技术员，下班的时候他用气枪在山上打几只野鸟或者是一只野山鸡，带回家给家里改善伙食。除毛，洗干净，放一点点盐，清蒸，太鲜太鲜了，眉毛喝得都能掉了。那是她童年记忆中最好喝的汤，父亲的功劳。特别是最后的那口汤汁，他们要她一口喝下，说她在长身体，好喝得简直舍不得咽下肚去。

还有一件记忆深刻的事情，是有一次二毛出门看见地上很多黑色的豆子，于是一路走一路捡了满满一杯子，回来要母亲炒豆子给她吃。母亲接过杯子一看，呀，全是羊拉的屎啊。

后来，二毛先回城里外公外婆家，在外公家门口的新坊桥小学（后改名长征小学）上课。江南小城水多，桥也多。

那一年，二毛八岁，母亲趁知识青年回城，在乡下管不着、城里单位还没有接收的当口又生了一个弟弟带回来了，他们说是避孕失败，母亲明明带了节育环怎么还会有孩子？弟弟生下来的时候那个环还是顶在他头上下来的呢。那些话二毛也不记得是在哪里听大人嘀嘀咕咕的时候学来的，也搞不清楚环是什么东西，反正他们带回来一个弟弟，正在外公的床上哇哇大哭。父亲在一边抽烟沉默不语，外公正在问他下一步准备怎么办。

父亲还是沉默不语，二毛对眼前好几年没有看见的男人感到陌生。

她从来没有叫过一声父亲。

母亲在那几年里总会抽时间从农场跑回来看二毛，给她带玩具，所以她对母亲是接受的。生了弟弟之后的母亲还没有完全恢复，人有点胖，显得个子矮了，臃肿，难看了很多。用现在的眼光看，接受农村再教育的母亲当时身上乡土气息很浓。

父亲刚回城，一家人还没有住处，于是外公决定把原来自己底楼对着院子的厨房改成一个卧室给母亲和弟弟住，父亲暂时回爷爷奶奶家住。母亲已经有了塑料厂作为接收单位，不久就可以去报到了。父亲也有了一个金属压延材料厂接收，厂里还在造新的宿舍楼，造好以后可以分给职工。

二毛很高兴这个沉默的陌生男人离开自己。他很高大且严肃，和好说话的母亲比起来，好像是一面墙。

小孩子还不能体会刚返城给父母带来的没房子、重新落实工作等一系列麻烦，他们回来的事也影响了外公，他只好拿出院子里的大厨房来应急。外公住在一个带院子的老房子里，院子里有一棵梧桐树。每到梧桐子成熟的时候，院子里的孩子们就可以吃炒得香喷喷的梧桐子。

那时候似乎多了一种隐秘的快乐，只要回到她暂居的小屋，抱着独自躺在厨房改造的卧室床上刚出生的弟弟就会觉得快乐起来，因为弟弟需要她，每天等二毛放学回来跟他玩，给他喝奶，替他换尿布。只要听到二毛的脚步响起来，他就不哭了，只要看见姐姐的脸，他就无忧无虑地笑起来。在看不见为生活奔波忙碌的父母的日子里，只有他和她，成为安慰彼此的一道阳光。

二毛仍旧住在外公房间楼上的阁楼里。他房间里有一个木头扶梯可以通到二楼，小阿姨没有出嫁前她和她一起住。每天在上学之前和晚上睡觉之前我会到厨房改造的卧室和弟弟三毛打打招呼。可怜的弟弟白天只能一个人躺在床上，把他喂饱之后，母亲就去塑料厂上班，外公也出去忙了，二毛中午从学校回来给弟弟喂奶、换掉湿了的尿布。

那一年，二毛八岁，弟弟一岁。

过了几个月，阿姨给联系了一栋木楼房里的两个房间做过渡，父亲这个陌生男人还是和他们住在一起了。二毛和弟弟跟着母亲搬出外公家，奶奶也过来帮母亲带弟弟，一大家子都住进了那栋临街的小木楼。

小木楼里的木头楼梯——走上去就吱吱嘎嘎的，晚上有点怕人。

楼梯转弯上去，过道上还有两个也住着人的黑乎乎的小房间，二毛一家住在二楼的两个房间，楼下是一家卖酱油食品的日夜杂货店。

二毛刚搬进去的那天就站在二楼的窗口处趴下来用毛笔在墙上倒着写下几个大字：干革命。有点像狗占了个地方先撒泡尿确认一下是自己家的地盘那意思。字歪歪扭扭写得极不好看，但只要带同学经过日夜杂货店，都会让他们抬起头看二楼窗口下方倒写着的几个大字，还骄傲地说："那上面就是我的家，那几个毛笔字就是我写的呢。"

木楼后面还带着一个种着花草和树、非常安静的后院，后院又再连着一座老式木楼，两三层高。后面的人家家里有个老太太，总是在家里加工人字拖鞋，从前鞋厂里出来的胶皮拖鞋半成品总是会有毛边，加工得不太彻底，这时候就还需要一道工序，把那些不光洁的地方用剪刀剪掉。老太太就在家里干这个活儿。

有时候，老太太家的儿子儿媳上班去了，二毛会去他们家等比她大几岁的女孩放学回家一起玩，这时候一般是奶奶正在楼上哄弟弟睡觉，要不然就是坐在窗口的小板凳上把弟弟的小鸡鸡掏出来，嘴里发出“嘘嘘”的声音等着弟弟小便。二毛在后院也能听到奶奶和弟弟说话的声音。等得无聊，就会拿起剪刀帮老太太剪那些拖鞋的胶皮毛边，这种不动脑筋的手工活儿很容易上瘾，越做越上瘾，跟老师布置的作业比起来有意思得多。

那段时间的生活非常美好。

陌生的父亲早出晚归，在金属压延材料厂里做着技术员、电焊工之类的工作，非常忙碌，和二毛面对面打交道的时间很少很少，两人几乎不太说话。父亲和她说话，关照什么的时候，她就看着别处，嘴里勉强答应。

母亲照例也是忙于工作，那时期的母亲可能对生活还是比较满意。儿子有婆婆带着，女儿上学，家里一切步入正轨。是的，顺利而且平淡，正常得甚至在二毛的脑海里几乎没有留下什么印记。

再后来，就正式搬家了。

在二毛上小学三年级的时候，父亲的单位果然把刚造好的崭新的宿舍大楼派分给了广大职工，这在今天看来，简直太幸福了。在当时，全家也感到太幸福了。

一家四口人分到了一套两个房间，外加一个厨房、卫生间和小客厅的中户户型，几乎没做什么装修，还是水泥地面，卫生间还是一个蹲坑，那时候还没有什么卫生洁具、淋浴设备。全家欢天喜地搬离了小木楼直接住了进去。

新居所在的小区有一个好听的名字，叫苹果园新村。

新小区旁边的小学是苹果小学，你可以猜到，就在小区后面有一片园区，里面种了很多果树，二毛上学的途中就经常潜逃到某些地头，偷点什么果子做点心吃。当然这都是后话了。

老太太一家还在小木楼里住了很多年，后来那片地方纳入市规划点，杂货店和木楼都被要求拆除，老太太和那栋木楼在一起待了几十年，住得太有感情，宁愿死也不愿离开，而且在他们家顶楼的确还放着为老太太准备的一副新的棺材。说是有一年老太太生病，家里人以为她不行了给准备的寿材，还给老太太买好了全身的寿衣，没想到一冲喜，她的病好了，又活了好多年，直到这套老木楼遭到强行拆除，老太太没熬过去。她开始绝食，表示死也要死在老楼，绝不跟儿子儿媳搬到新家去。于是，她果然那样做了……

在老太太走后第二天，曾经住过的那一片区域就全部被夷为平地。一些年以后那里就被高楼大厦代替，再也没有上面倒挂着“干革命”字样，可以带空瓶去用木勺一勺一勺打酱油、打陈酒的日夜杂货店了。

二毛那时小还不懂得悲伤。母亲去参加了老太太的后事。

这一切也是母亲后来告诉她的。

二毛那时候感兴趣的是考察苹果园新村的周边环境。她从原来的新坊桥小学转学到苹果园新村旁边的苹果小学，弟弟进入新村附设的幼儿园，奶奶回自己家了，母亲除了上班，买菜做饭，还要接送弟弟，要面对的人和事情自然也多了很多。

一个崭新的世界出现在我们全家人的面前。

印象最深的是，新小区的旁边就是水泥大道，有点邻街的样子。

水泥大街的两条辅道上，种满了梨花树，那时候正是春天，梨花开起来，那条街道就等于左右两边装饰了两道雪白雪白的花丛列队欢迎着你，怎么看都好看。二毛特别喜欢拉着弟弟的手，一边给他讲故事一边走在这花的卫士环绕的街道上，可以走出去很远。远得这些新开辟的街道好像永远没有尽头。

空气中充满梨花的芬芳。

他们的心那时无疑是很喜悦的。

住进新家没多久的一个早晨，二毛突然在厨房的菜橱顶上一只闲置的空脸盆里发现多了一窝黑白相间刚出生不久的小猫，一个个奶声奶气地叫着，连眼睛都睁不太开。她赶紧叫来母亲，母亲说赶快放回原处，不然老猫发现它们的窝被挪动了，立刻会把小猫们叼走的，老猫特别需要安全感。

果然，没多久二毛和弟弟每天早晨去看小猫的举动就被老猫发现了，再后来在一个毫无征兆的日子，从天而降的一窝小猫一个不落地又全部消失了。

最喜欢的是过年的时候，站在楼底下就能看见母亲站在新房子厨房的窗口，在煤球炉边准备年货，菜橱里扣着好几碗酒糟肉。大块的五花肉，被油和酱泡得油亮油亮，吃的时候只要把肉连同青花大碗放在水里用大火蒸上半个小时，空气中立刻会散发混合着酒糟味的诱人肉香。那些肥肉变得透明，油融在碗里，咬一口并不会觉得油腻。

老母鸡汤炖好了，炉子烧得旺旺的，母亲的手一边在一只铁勺里倒进鸡蛋黄，在炉火下慢慢变成一只圆形的蛋饼，然后在蛋饼的中间放进刚和葱花拌好的肉馅，两边一合拢，活泼泼的一只蛋饺就成形了。

有母亲的家总是充满热腾腾的香气，各种各样菜的香气、雅霜雪花膏的香味，怎么闻也闻不够。

而这时候的父亲呢？

二毛还是觉得他像一个陌生的鬼。

家里的大门背后常年挂着一件又长又大的灰色雨披。

有时候家里没大人，二毛就和弟弟玩捉迷藏的游戏，她最喜欢躲在这件雨披里面，弟弟在外面看不见。

下雨天的早晨，父亲顶着这件雨披出去上班了，等晚上，她就会吓唬弟弟说鬼来啦鬼来啦。正说着，一个男人冷漠的、缺乏表情的脸出现在窗口玻璃上，弟弟就会怕得哭起来。

有时候二毛也会不高兴，比如弟弟又做了什么错事的时候，她就会把弟弟关在黑黑的厕所里，关掉灯，让他在厕所的角落里罚站。地上的简易蹲坑就像一个黑黑的洞，要把弟弟吞下去，弟弟哭得一声比一声高。但因为厕所的门关得很严实，弟弟的嗓子都哭哑了也没人听到。

弟弟有一天委屈地对二毛说："我们班里的同学有一天问：'你姐姐是亲姐姐还是表姐姐呀？怎么对你这么凶呀？'"

二毛心里想，那是因为自己常常不开心，有气没地方出，也只好拿你发泄一下啦。

（现在二毛那喜怒无常的漫长的青春期终于过去了，它终于不会再来打搅她了。）

母亲始终保持着一个射手座女人的乐观积极和奋斗精神。

塑料厂转厂以后，母亲也面临下岗，她换了好几个工作，一直在尝试各种自己可以做的事情……

很多年后，她的儿子三毛搬出苹果园新村的家，离开父母独立居住。她的大女儿也就是二毛又在外地工作，母亲开始渐渐把自己从永远为家庭活、为别人活的心态中走出来，她开始懂得照顾自己、打扮自己。

二毛常常把自己买多了或不穿了的衣服打包托运给她，很多衣服款式新颖，看上去是全新的，她舍不得给别人，自己先试着穿穿，镜子里的她又恢复了年轻时的窈窕身段。再染黑了头发，稍稍烫了烫，微微有点卷曲，更衬得皮肤白皙，感觉反倒比年轻时只顾操劳的状态更有女人成熟的韵味，更年轻了。

母亲报了电子琴和扬琴培训班。她还跟着电视机里的周杰伦哼唱《菊花台》，她喜欢年轻人唱的那些歌曲，就算口齿不清她也觉得没有什么大不了，依然很好听。

她每天把自己的业余生活安排得非常充实。忙完了白天的事情，做完了家务，她就回到自己一个人的小房间里，关上房门，打开暖暖的黄色壁灯沉浸在自己一个人的热闹里，弹琴自娱自乐，有时还引吭高歌。她这边房间的热闹映衬着隔壁父亲房间的沉寂，父亲房间里装的是清冷的白色日光灯管，他还常常不开灯，一个人躺在床上，在黑暗中似睡非睡地看着电视里的央视新闻或足球比赛。有时候，看着看着就睡着了，电视上的雪花已经嗡嗡地闪了很久，父亲才醒来去关上。有时候母亲实在看不下去，去他的房间给他关上电视，可是一关他就醒了，还说干吗给他关电视，他正在看。真是让人哭笑不得。

母亲说她退休后不肯在家休息，还去上班就是为了在家单独面对父亲的时间可以少一点。

父亲的面目怎么就如此可憎呢？母亲一听到他在饭桌上打开酒瓶盖开始指点江山就头晕，饭都吃不下。母亲和父亲一人占了一个房间，分室而居，甚至吃饭她也和他保持距离，要不就等他吃完酒足饭饱回房睡觉之后再收拾桌子吃饭，要不就端着自己的饭菜回到房间，一边看电视一边吃，用电视剧主人公说话的声音盖过外面客厅里父亲的酒后牢骚。

他们两人一人一个房间，各看各的电视，母亲的房间温馨美好如同她的人，父亲的房间阴暗单调也如同他的人，代表着和母亲截然不同的另外一个方向。

父亲年纪越大越难说话，他放的所有东西不准她挪动，有一次母亲打扫卫生把父亲偷偷塞在盆景下面的黑芝麻粉当成花肥扔了。那是父亲从老头老太们那里打听来的生发秘方，被母亲扔了，这下可捅了马蜂窝了，他开始怀疑她想害死他。趁他不在家到他房间里偷偷摸摸干什么，居心不良，他死了她是不是就可以光明正大找别的男人呀，父亲像个泼妇一样数落母亲，扣上各种各样声色俱厉的大帽子。母亲后来向二毛描述了这一幕，她说那天她简直不想活了，狠狠地往墙上砸自己的手，手背上砸得红肿了好大的一块。

母亲说自己的手贱，为什么要看不惯他的房间非要帮他清扫呢？为什么要帮他扔垃圾呢？打扫一下还要惹来他一个星期的臭骂，还要对天发誓若是害他就诅咒自己不得好死……这又是何苦呢。

有时候受了男人的无名冤枉气，母亲就默默地走到附近运河边上，看着运河水缓缓流动，黄色的、浑浊，喜欢干净的她又打消了心里的坏念头。

哭一顿就照样买菜回家做饭了。

这样的一对夫妻竟然在同一个屋檐下生活了几十年，二毛真的不知道母亲的内心是怎样一天天挺过来的，要是换了她自己，十八次婚都离了，哪还等得到今天。母亲真的是钢铁炼成的，难道她属狗，就非要守着自己创下的这一个狗窝？外面的金窝银窝不及自己的草窝，就这样守一辈子吗？如同屋子里有三面镜子，折射出四个我，而我们之间形同陌路。

他们的婚姻唯一带给作为女儿的二毛的影响是不敢和男人结婚。即使今天在相爱，也有很强烈的不安全感，害怕失去，天下没有那么大的好事，害怕控制不了事情变化的方向，害怕彼此会有不再爱的感觉，害怕格格不入、冷暴力、冷言冷语，害怕像同一个家庭里的两件家具一样互相视若无睹，冷静冷酷最后变成冷漠，对方的任何事情都不会触动她的心弦。害怕她爱的男人有一天也和父亲一样反常和变态，古怪得不可理喻。

# 2

## 父亲

二毛读初中的那一阶段，父亲不知从哪里搞回家一台双喇叭收录机，也不知从哪里搞回来一盘香港磁带，名字叫《水仙花》。叙事的音乐剧，几个男女说说唱唱，讲述了一个名叫水仙的女孩爱上了一个男人，却遭到父母反对，被拆散的故事。里面串联了好些歌都特别好听，例如水仙的男朋友高歌的一曲《小小的水仙花》：小小的水仙花，你像是要说话，你要说什么话，小小的水仙花……歌词简单，曲调重复，可是非常非常好听。

父亲在他的房间里放这盒磁带的时候，二毛总希望他把声音调得高一点再高一点。

问彩云何处飞

愿乘风永追随
有奇缘能相聚
死亦无悔

我柔情深似海
你痴心可问天
誓相守长缱绻
岁岁年年

我怎能离开你
我怎能将你弃
你常在我心底
信我莫疑

愿两情常相守
在一处永绸缪
除了你还有谁
和我为偶

蓝色花一丛丛
名叫做“勿忘侬”

愿你手摘一枝
永佩心中

花虽好有时枯
只有爱不能移
我和你共始终
信我莫疑[①]

美丽得伤感的故事啊，为什么有情人总会被无情的现实分开？

父亲只有在听他的音乐的时候，才显得不那么无情无义得令人讨厌了。有时候星期天，他会在阳台上反复吹着自己的笛子，或者学唱一支歌，好像是《绿岛小夜曲》，“这绿岛像一只船，在月夜里摇啊摇”。还有什么“美丽的大草原，有那美丽的姑娘，想给她捎封信”之类的。

母亲说父亲缺乏家庭观念，即使已经有了两个孩子，他的心里还是觉得自己是个十八岁的单身汉，他很孤僻、内向、沉默寡言；处女座的他怕孩子们用他的毛巾，洗完脸就把毛巾带出卫生间挂到自己房间门背后的绳子上才放心；他

① 邓丽君演唱的歌曲《我怎能离开你》。

喜欢一人独自上街去吃一笼小笼包；他骑着一辆凤凰牌自行车，每天晚上用链条锁在厨房的窗户下面；他只有几个一起插过队或是在“文化大革命”中参加过大串连的朋友，偶尔他们来家里一起喝喝酒，母亲给他们做菜，父亲在那时候像是一个一家之主，慷慨陈词，时不时背上两句高尔基的诗句，显得才华横溢，平时真人不露相那是属于怀才不遇。不是有人总结嘛，怀才就像怀孕，久了才能露出来。

二毛最不愿意听他们这些上辈人说酒话，这种时候就把自己的房门关上，母亲就把饭菜单独端到她的房间里来。

母亲永远是这个家里最懂她的。

如果日子就这样过下去，倒也有种相安无事的淡淡的喜悦。

可惜，平淡的喜悦中也穿插着不和谐的音符，比如不懂事的弟弟翻乱了正值青春期的姐姐的日记本，狂暴的二毛便会一脚踢过去，在弟弟身上踢出一块青紫色痕迹而让母亲叹息哭泣，说什么“怎么这么狠心，还是不是我生出来的”。

或者是父亲边喝酒边用一种过时的教学方法监督弟弟的功课，那真是这一家的地狱，弟弟越害怕越不会做功课，于是父亲便越发生气，几次三番教育得声嘶力竭，而弟弟依旧没有学会，他的脑袋便挨了父亲沉重的拳头。弟弟的哀号声凄厉地响起，母亲实在忍不住了开始以身护犊，父亲要继续教育家里他唯一可以教育的人，母亲不让他再以错误过时的方式教育。而二毛躲在自己和弟弟的小房间里依然阻隔不了外面传过来的烦扰的声音，她唯有祈祷，愿老天快点保佑她顺利飞到另外一个遥远的城市去吧，不要再在父母的家待下去了。

被父亲教育过后的弟弟当晚一般总会吓得尿床，他控制不住尿床的毛病一直到十岁。一般他在床上画过地图后都不敢起床，想靠自己的体温把湿了的床铺焐干。可床上的尿迹是抹不掉的。于是二毛早晨起来的第一件事情是帮助弟弟换裤子，然后把画了地图的床单床垫拿到阳台上去晒。

二毛和弟弟的房间里总有一股淡淡的尿骚味儿，即使每天晒也总是挥之不去。她想弟弟成年后的自闭和懦弱，也是父亲的另一个成绩。

弟弟没有她有力量，他也没有她幸运，可以飞得出去，远远逃开家里的那个恶魔。

多年后弟弟一直有点不合群。

屋漏偏逢连夜雨，他在学校被一个留级的大男生欺负，那孩子总是追着要打他。弟弟开始对去学校学习越来越心怀恐惧，有一年他偷了家里的好多粮票，然后躲在网吧里玩了几天电脑游戏，他逃学了。

逃学的结果就是老师告状，父母发现家中二百斤全国粮票被盗，然后就是暴力事件再次降临到可怜的弟弟身上，他被父亲暴打一顿，之后他一连数天不发一言。

初中的时候他就完全不肯再去上学，越来越拒绝和人打交道。

他越来越苍白，瘦瘦高高，经常躲在姐姐远走高飞之后只剩他一个人的房间里，拉上窗帘，一个人听张学友、林忆莲的卡带。什么《吻别》《葬心》《玫瑰香》，什么“我怕来不及，我要抱着你，直到感觉你的皱纹，有了岁月的痕迹”之类的，房间里弥漫着一股阴柔的气息。

林忆莲的声音很沙哑，很女人，好像说尽了天下的女人心。母亲也喜欢听林忆莲，可是她真的不希望儿子整天沉醉在她的歌里面，模样也变得女里女气了，穿的衣服看上去都很怪，头发留得长长的，男不男，女不女。这样下去整天软绵绵的，还能有什么精神干活儿呢？ 可是他不闯祸，他只是乖乖地在家听听音乐。

母亲无可奈何地接受了这一个事实，她想也许是大女儿太能干，小小年纪就出了远门，老天才让她的儿子啥也不干，就在家陪着她吧。

可是碰上父亲在那里喝闷酒，正好就拿这个没出息的儿子当话柄。他可以数落他几个小时，没完没了，越说越没有抬头之日。

还是母亲理解儿子的苦衷，她下班以后，又给她当老板的弟弟也就是二毛的舅舅的公司做财务，处理那些极其麻烦的报表，加了两年的班才凑钱给儿子在外面买了一套二手房，这样弟弟终于也挣脱了父亲的牢笼，离开家自己一个人在外居住了。

弟弟搬出去后，母亲请人把家里装修了一下，她和父亲一人一个房间，客厅的瓷砖、地砖每一块都是她亲自挑选的。为了省钱，有的刷墙的活儿她还自己干。母亲为了儿子，为了这个家，忙前忙后忙这忙那，父亲却抱怨母亲老在外面干私活儿，整天忙在外面，她肯定藏了很多很多私房钱，但是从来不花在他身上。

孤傲惯了的父亲不知道，他也从来体会不到母亲的心里怀着怎样的悲哀和绝望，那个绝望就是：即使她结了婚，即使她有家庭有老公，她依然只有靠自己，儿子那里要冰箱、彩电也得要靠她去买。整个家撑到今天还没散都只因为有她，最难的时候她甚至去血站卖过血。靠不了的男人什么用都没有，就会发牢骚，不靠自己，这个家早就不存在了。

她从来没有一个肩膀可以依靠。

从来没有一把伞可以让她避避雨。

结了婚，依然没有人买单，这是一个婚内女人的最大悲哀。

一个绝望的家庭主妇，任劳任怨还要被不通情理的丈夫怪罪，多少年下来，这样的婚姻竟然还在世上存在。

关于那段江南生活的回忆，整体感觉就是阴天，天阴阴的，路上的人都行色匆忙。

生活永远在变化。

那时候他们各忙各的工作，晚上回家，父亲看报纸、把自己关在房间里独自吹口琴，母亲买菜做一家四口人的饭，饭后照顾八岁刚上幼儿园的弟弟洗脸刷牙，一切搞定后他们回他们的大床去睡觉，倒也相安无事，也许是累得没有力气再有什么争执。

通常是在第二天凌晨，天刚蒙蒙亮的时候，二毛会被隔壁房间父母在床上的争吵声惊醒。父亲先醒过来，开始责问母亲哪天哪天下班怎么那么晚，去干什么了，母亲开始申诉，说她那么忙，又是工作又是孩子，而他作为一个父亲究竟对这个家操了什么心？还是男人吗？他们的车轱辘话永远没有心平气静的结论。

父亲总是严厉地指责，处女座永远如法官，不知道责问自己，只知道怪罪于他人，质检员一般用放大镜去挑旁人的刺，他们身边的人总是最倒霉的。

当然那时候身为一个十几岁女孩的二毛并不懂得这些星座知识，这只是她用现在的眼光去回看他们时想到的。现在，她只能无可奈何地回忆着因为意外而突然离二毛远去的他们——那时的父亲时尚年轻，拥有无穷精力，外表因不苟言笑而显得酷酷、英俊高大；那时的母亲娇小玲珑、白皙清秀，戴着一副文雅秀气的眼镜。

早晨的辩论通常是在空气中火药味极浓的情况下结束，母亲怒气冲冲下床说自己还要送儿子上幼儿园，再买菜做饭给女儿带着中午到学校吃，没时间跟他扯，然后母亲打仗似的洗漱，把弟弟带出门去了。父亲拖拉着起床、上厕所、吸烟，他走后卫生间总是还弥漫着淡淡的烟草味道，然后他去工厂上班。二毛也去学校。

母亲没有准备好饭盒的话，二毛会去东方红大桥下她的塑料厂里吃午饭。如果没有吃的，她会给三角钱让二毛在塑料厂旁边的馄饨店吃上一碗菜肉馄饨。现在回忆起来那碗热气腾腾只要二角五分钱的菜肉馄饨真的还是挺好吃的。

那时候，母亲总是很忙，她在塑料厂生产商标的车间里上班，经常带给二毛很多花花绿绿、各种各样的商标玩，商标们没有剪开整整齐齐地排列在一大张金色的或银色的锡纸上。二毛把商标带到学校里去，分给同学们，一个调皮的学生趁老师不注意，在他转身在黑板上写字的时候，在他的屁股上贴了一个“常州大麻糕”的商标，闪闪发光，一亮一亮的，同学们哄堂大笑。

老师写好黑板回过身，莫名其妙。

二毛喜欢到母亲的车间里玩，把手反握在背后像个领导视察工作似的走来走去。那里有着好闻的胶水味道，还有花花绿绿的纸片，卷成圆筒在一个个大滚筒上转。母亲的同事们都很喜欢她，夸她长得白白净净真好看。

母亲为了打发二毛快点离开自己的车间，就会把她骗到馄饨店，吃上一碗菜肉大馄饨，或者并没有多少油水的小馄饨，吃得热气腾腾。二毛吃完就心满意足地去新坊桥小学读书去了。后来，她想吃菜肉馄饨的时候就吓唬母亲说自己要到她的车间里去玩。

母亲的车间后来又改成生产拖鞋和泡沫鞋底了，二毛当时还在新坊桥小学读书。班主任是一位女老师，知道各个学生家长的工作情况，于是，她请二毛带过不少各种型号的泡沫鞋底，可惜，刚读完小学二年级，父亲单位分给家里一套二居室苹果园新村的房子，二毛就从新坊桥小学转学到苹果小学去了。

二毛很担心在新学校班主任不再奖给她喜报，不再评她做文体积极分子，不让她担任文娱和劳动委员。

不过她有时也会问自己：这些奖是不是那些泡沫鞋底换来的呢？

二毛还是新坊桥小学运动队的成员，因为她个子高腿长，所以老师把她选进了排球队，“一二，一二”每天早晨都要对着墙练习发球，两只胳膊都被球打得红红的，很痛。

然后老师还要他们练跳远，也就是从远处跑过来，然后踏上一块木头做的踏板，往沙坑里跳，跳得越远越好。

有一天二毛没有吃早饭，头晕眼花，踩上踏板起跳的时候一下子就晕倒在沙坑里，吃了满嘴的沙子，脸也被沙子擦破了（后来结痂的时候，二毛的小猪脸花了，像被人画了一张紫红色的中国地图）。

后来她被老师和同学七手八脚地抬进了训练室。

有老师给二毛喝了一杯糖开水，她才缓过来。老师说她是低血糖，没有吃早饭的缘故。后来老师打电话叫来二毛父母，在她的记忆里那是父亲第一次背着她回家。

二毛记得，那是第一次也是唯一一次她和父亲这样亲近，因为父亲从前一直在外地工作，难得回家，他又是一个严肃的人，老是板着脸，感觉自己怀才不遇。高高的个子，不爱说话，好像别人欠了他钱，看见他就觉得很陌生，她从来不叫他爸爸，也不和他说话。

搬家后就要转学。二毛真的很舍不得离开新坊桥小学。

那个小学给了她很多美好的记忆，包括每次春秋学校做会演的时候，她这个文娱积极分子就会参加很多节目，忙得不亦乐乎。唱着“我们的祖国是花园，花园里花朵真鲜艳，和暖的阳光照着我们，每个人脸上都笑开颜”，唱到结尾的时候，小朋友们就把她围在中间，大家做出一朵花的形状，她成了花的花蕊，大家手里抖动着五颜六色的纱巾，老师还给她们拍了一张很漂亮的大合影照片。

现在，想到要转学，又不知即将转入一个怎样的新环境，那里的新老师和新同学会是什么样？

她开始对新坊桥小学那走上去吱吱作响的木楼梯和古旧的大礼堂留恋不已。

在那个很古老、很有历史的小学，有着高大廊柱的大礼堂，风吹过时会有种阴森的鬼气。就在青果巷白渡桥旁边。学校外墙全用石砖堆砌而成，看起来就是古里古怪，石墙顶端有几棵狗尾巴草在风里飘动。学校的大门是用木头做的，涂上红漆，宽大而且厚实，像故宫的门。跨过高高的门槛，里面还有一道木门。地面同样是石板铺就的，走在上面光滑、轻捷，踮起脚板来走路不会发出一点声音。

有人说新坊桥小学是后来才改的名字，新中国成立前，这个地方是一座庙。

也有人说这里不是庙，只不过在动乱的年代经常发生武斗，这里曾埋掉许多尸体，就在学校开会用的大礼堂的地下，所以那里总是阴森森的。

二毛听到这些总是很害怕。那时候，学生们在一幢木楼的二楼上课。楼梯一踏上去就嘎吱嘎吱地响，放学晚的话，天色暗淡下来，胆小的女生就会急得哭出来，好像怕那些埋在礼堂下面的鬼飘出来把她抓住。在上课的楼梯旁边，有两间男女厕所，这厕所也同样充满传说。其中留下印象最深的是几年前，有一个女生独自上厕所，她正要拉上裤子起来的时候，进来一个老太婆，脸上、手上全是皱纹。那个老太婆挡住女生，她手里拿着三种颜色的草纸——红的、黄的还有白的。老太婆一定要女生选一张擦屁股，无可奈何的女生只好拿了一张红颜色的擦了一下，却突然死在厕所里了，老太婆飘然而去。

说这事的人最后表情恐怖地补充道："那个女生要是拿另外两种颜色的草纸还能多活几天。"

听到这里，二毛总是既害怕又好奇，不知道和鬼说话究竟会怎样。人吓人才会吓死人，鬼从不滥吓无辜。

在很小的时候她就隐约觉得，其实人是有灵魂的。

新坊桥小学门前还有一座小桥。

夏天的傍晚小桥上总是围着很多人，有一个长得特别好看的女疯子经常会在那里出现。二毛天生会对这样的女疯子产生很多好奇，她总是奇怪女疯子脑子里都在想着什么。她自言自语，手舞足蹈，还经常一个人在微微地笑。

想想觉得一个人疯了以后也是挺好的，再也没人叫她上课、做功课。

围在女疯子旁边的人很多，有老太太，有老爷爷，也有很多小流氓。

认识女疯子的老太太说："这个孩子以前很好的，就是孩子被人拐走了，她受了刺激才疯了。"

突然有一天，女疯子的肚子大起来了，衣服也遮不住了。

老太太又在说了："作孽呀作孽，也不知是谁做的缺德事情，强奸了她，这下怀孕了，又没有人管，她自己什么都不知道，孩子生出来可怎么办呢？"

二毛也不知道什么是强奸，她问她的邻居兼同学陈晓琴，陈晓琴说强奸了就是要肚子大了呗。

二毛又问那老太太为什么要说作孽呢，陈晓琴说疯子的孩子不知道谁是爸爸，当然作孽啦。

二毛心里说一转学她就看不到女疯子生了小孩没有，或者生下的小孩是什么样子的，尽管她们也不一定天天在桥上出现，可是一转学就好像会离新坊桥小学以及小桥前面的舞台很远似的，再也看不到长篇电视连续剧似的谜底了，多不好玩。

没转学前，二毛坚持了一段时间，天天坐很久的公共汽车再走一段路从苹果园新村的新家去学校读书。有一个姓潘的男孩子，和她同班，现在又同时搬到了新村，不过二毛住二村，他住对面的一村，但他总是来等她一同去搭车。他比二毛稍高一点，也是瘦瘦的，感觉上已经很像大人了，他像个小大人一样对她母亲说不用送了，有他在呢。

他们结伴去读书，这样的情形坚持了一两个月时间。

在公共汽车上两人默默无语地站立，她站在里面，他站在外面，用他的小肩膀挡着大人，努力不让人向她靠近。有时候下雨，车厢里又闷又挤，车子常常发动不起来，在那里喷着气苟延残喘。他们的个子矮，不知道车窗外发生了什么事让车发动不了，只好把脑袋转来转去干着急，他会细声细气地安慰说，马上就好了。

有时候还会在她潮湿的鼻尖用他的小拇指刮一下从别人

的伞上滴落下来的雨水。这种有人相伴的感觉让她感到很高兴，都不想转学了，情愿每天让小潘来接，一同去上学。

两人一到学校就变得很陌生，二毛和潘同学外表看上去一点也不比别的同学更熟悉，他们几乎不说话，不点头，但偶尔她能感觉到他眼中的含义。比如放学的时候，潘同学向二毛这边看一眼，她知道他的意思就是现在开始向学校门口的3路车站台慢慢走去。他就是在3路车站台看到她母亲陪着她，然后知道大家都是住在苹果园新村的，他就是在那里说："以后我来接你一起上学吧。"

有时候下着蒙蒙的小雨，空气中温暖湿润，他们两个人一前一后地走向站台，一人打着一把伞，二毛偷偷地看小潘的脸，在伞的映照下，他的脸显得特别白净清秀，眼睛黑黑亮亮的，他的个子比她稍矮，像一个比她更幼稚的小男生。二毛在心里暗暗叫他小潘，两个人的塑料凉鞋在地上发出噼啪作响的动静，使沉闷的空气在雨中显得活泼起来，小潘一个"撑骆驼"，以一种类似于体操里跳马的动作，双手攀着路边的红色消防龙头，腾地跃起，便骑上了这个敦实的铁家伙，伞落在地上，发出嗒的一声。

二毛也停住脚步，看着他的样子直乐，和小潘一样，她也喜欢城市马路上的两件默然站立的铁家伙。

那红色的消防龙头和绿色的邮筒，它们都一样老实憨厚，一样纹丝不动，还有一种好看的色彩。红色的消防龙头稍矮，光溜的半球体脑袋像戴着钢盔，两个大耳朵还垂着铁链，像两个大耳坠；绿色的邮筒让人联想到一个胖警官，一个戴大檐帽的胖警官，乐呵呵地咧着一张大嘴永远吃不饱似的等着人们把那些信像食物一样喂进它的嘴巴。

那时候二毛便为小潘撑着伞，小潘骑在消防龙头上，他的手托着下巴。他的眼睛里有忧愁，她知道他也不想回家，据说他父母正在闹离婚，天天在家里吵，比二毛父母吵得厉害多了，他们互相砸家里的东西，他爸砸热水瓶的时候，那些碎玻璃还把小潘的腿给划破了。

二毛不知道怎样安慰小潘，只好陪着他静静地站着，各想各的心事。

一会儿，雨停了，天空稍有些明朗，地面好像有一种仙气似的白雾升腾起来。人们开始从伞下、遮阳篷下、屋檐下走了出来，开始从街沿上漫下来。马路上画着菱形的横道线上，不时有人穿来穿去。

二毛和小潘眯着两双细细的小眼睛，歪着头，各自想着心事，偶尔用手挠一下痒兮兮的鼻头。他们打量着那些行色匆匆没有时间感觉着雨，感觉着雨中街道的大人们，有的碰上了他们的眼光，竟也泛起一些不自然的神色，这种审视不自然的大人的感觉让孩子们感到高兴。

看到天黑了，他们俩才意犹未尽地坐上已经空下来的公共汽车回家，在心里祈祷回到家父母们别再吵了，别再让那些破事来烦孩子了。

可惜好日子结束了，学期最后阶段二毛还是被迫转学。母亲很快办妥了她的转学手续，不希望二毛每天上学放学路上那么辛苦。

苹果小学毕竟就在苹果园新村的旁边，走路只要十分钟。

小潘不愿转学，因为他家里人打听过了，新坊桥小学毕业后可以考学区所在的重点中学，苹果小学是一所新建的小学，学校的教学质量还不能保证，以后考重点中学难度也比新坊桥小学大。

不求上进，死不要好的二毛在心里想：我倒不一定非要读重点中学，如果那样会很累。

于是，最后一个和小潘一起上学、一起放学回家的日子到了。

放学后，二毛和小潘都拖慢了脚步，一连有几次，3路车来了，他们都没有上去。

马路上有绿色的邮筒，还有红色的消防用的墩子，二毛和小潘又靠在这两个大家伙上，第一次感到了分离的惆怅。

小潘说：“你以后还会来新坊桥小学看看我们吗？”

二毛低下头，轻轻地说：“肯定会的。”

她心里是明白的，她不会再回到老学校来看他的，那样如果再碰到班主任老师，她如果再问自己要母亲车间的泡沫鞋底的话怎么办呢？要知道，母亲的车间现在又不生产鞋底改生产塑料袋啦。

二毛和潘同学没有正式告别，转学手续办得很快，几乎没有停顿的时间就进入新学校新学年的生活了。

幼小时的情谊都是过眼即忘的。

好像知道自己没有记住的资本，记住便也失去了意义，失去了存在的价值。

二毛转入苹果小学，上三年级了。

她还是有点傻，老是觉得那些老师是不用上厕所，不用拉屎撒尿的。

看见老师上厕所她就会有点失望。

弟弟三毛也进入旁边的苹果幼儿园，他已经会自己拉屎撒尿了，可是晚上经常睡着就忘了，到早晨才发现床上已经被他画了地图，湿了大大的一片。

因为觉得弟弟尿床大概是小时候自己经常把他的小鸡鸡当水枪捏造成的，他们俩又是睡在一个房间，二毛就很主动地在每天上学前给弟弟的小钢丝床换床垫，然后把画着地图的床垫拿到阳台上去晒。

阳台上天天挂着地图，左右邻居都知道了，老是会指指点点，二毛心想反正又不是她搞的，所以照样把画着地图的被褥晒得理直气壮。

放学了，在夏天的晚上，苹果园新村的居民们喜欢在楼下纳凉，姐弟俩吃完晚饭、洗完澡以后，姐姐就拉着弟弟的小手沿着新村旁边的马路走个来回。白天热闹的大街在夜晚就显得特别安静，路边盛开着白色的梨花，看上去像一个个的梦，漂亮得不太真实。

路上的小流氓会看着他们说，孩子都这么大啦。

二毛不理他们，照样很认真地给弟弟讲故事，有时候姐弟俩都不说话，就是默默地走。

和学校里的新同学新老师相处得还好，苹果小学的后面有一大片果田和菜田，菜田的后边还有一些当地村民的坟地。中午休息的时候，二毛会和几个同学一起到菜田里采菜花玩，也会摘些新鲜的黄瓜和西红柿。

这时候如果农民伯伯看到，就会龇牙咧嘴地在后面穷追不舍，好像抓到他们就会杀了他们似的。这时候就很惊险，大家一路狂奔，气喘吁吁地跑到学校里去。

调皮的男同学有时候更过分了，手里举着一根杆，杆上插着一个人头骷髅，可能刚去过坟场，吓得学校门口等家长接的学生们一阵鬼哭狼嚎。

有一阵学校里还传了一个大谣言，说要给全国小学生打一种针。因为人口实在太多了，现在要控制，打了这种针，孩子们就会在二十八岁时发育，然后三十岁时死掉。一时间人心惶惶，小孩子还不知道什么叫发育，可是知道死掉是件可怕的事情，于是组织同学们一起逃课，逃不了的就纷纷躲在课桌底下。还好穿白大褂、打针的医生终于还是没来，经过老师们的说服教育，又恢复了正常的上课。

二毛在心里对自己说肯定不会在三十岁就死掉。

有一天傍晚放学回家，二毛看见她家所在的那幢居民楼旁边一个单元里三层外三层围满了人。她问出什么事情了，有人说下水道堵了，水管工人打开水泥盖，发现竟然有一个穿红衣服的女尸。

她问，什么女尸呀？旁边看热闹的告诉她就是死了人了，那女的是住在乙单元三楼的，被人杀了，拖到楼下下水道里藏了，现在下水道堵了才被人发现。还有人说，是她男人发现她有了外遇，才把她杀了，自己也逃到无锡的山洞里上吊了。警察在他们家里发现了她男人留下的一封遗书。

尽管二毛回家的时候，红衣服的女人已经被公安局的人用车接走了，但是她仍然很害怕，脑子里一直想着那些画面。有人说曾经在一个晚上看到三楼的那个男人从楼梯上拖着一个麻袋下楼，当时他没想到那个麻袋里竟然是那人的老婆。太可怕了。

尽管二毛住在甲单元，和乙单元还隔着一些距离，她还是觉得很害怕。乙单元三楼住着她的同班同学陈晓琴。二毛喜欢到她家等她一起上学的，现在，她也不敢去她家了，改成到乙单元楼下等她，像以前小潘来接自己的时候一样。在楼下叫着陈晓琴，两长一短，陈晓琴答应着下来，然后一起上学去。

陈晓琴个子比二毛还要高，梳两条齐腰长的麻花辫，她走在路上还喜欢屁股一扭一扭，像蛇一样。班里的男生看见了就会吹起口哨，二毛脸上笑着，心里会说，臭美什么呀，哼哼。

母亲还是很忙碌，白天上班，晚上下班了买菜回家做饭给两个孩子吃，每天她都忙得像打仗一样。

父亲回厂里上班了，早出晚归，他们全家唯一聚在一起的时间就是每天的晚饭，这时候通常都是父亲发表一些教育人的话。他在下班的时候给自己在菜场里的熟食铺上切上五元钱的牛肉，晚饭的时候，他就着牛肉自斟自饮，然后对眼巴巴看着他的儿子三毛说："你们长大了有得吃呢。"有时候心情好会赏给儿女一人几片牛肉。

二毛心想自己又不在乎他的牛肉，但也不敢拒绝，很快吃完饭，然后回自己和弟弟的房间里去。

她想自己长大了要挣很多很多钱，买很多很多牛肉给母亲一个人吃。

# 3

## 那年夏天

那年夏天，她整天穿着一件上面印有很多洋葱头的紫色玻璃纱裙，大概是同学们看了小人书《洋葱头历险记》的关系，二毛又有了一个新外号，就叫洋葱头。

她还是有点贫血，有时在大太阳底下，走着走着，会突然双腿发软，眼前发黑，然后失去知觉，一头往地上倒下去。

永远怀念记忆里那些个好像永远金灿灿的夏天。

那时候，大人们白天都上班去了。

整个单元楼房就成了孩子们的天下了。

甲单元尤其奇怪，一共四层，每层住三四户人家，三套房间里一头一尾是三室一厅，都分给了两户人家，共用一个洗手间。中间住的一户就只有两个房间，二毛家就住中间，是202号。旁边的203号家住了两户人家，一家父母带两个女儿，分到一大一小两个房间。另一家离婚的女人带一个女儿合住在另外一个大房间。可巧的是，这三个女孩里有两个的名字和二毛的大名一样，里面带着一个波字，分别叫洪波和钟波，甲单元的四楼还有一个女孩叫黄波。

二毛最开心的时候就是和邻居的女孩们一起过家家了，她们有一次把刚从菜地里偷偷采的新鲜大茄子切好片，然后撒上盐和味精，还有酱油和油。放在煤球炉里正燃烧着的煤球眼上，看着容器里的茄子慢慢开始冒起白烟，并且有香味散发出来，孩子们一阵欢呼，吃到嘴里感觉比父母做的菜好吃多了。

吃饱喝足，开始玩过家家，洪波年纪最大，一般演母亲，二毛、洪波的妹妹洪涛、钟波都演洪波的闺女。洪波为了像个母亲，还穿起了她母亲那白棉布做的大乳罩，在里面塞了两个棉球，甚至还突然撩起床上的凉席，让大家看她母亲用的酱红色卫生带，她恨不能也绑在身上，觉得这样才像个母亲样。

二毛和女孩子们用红色的海报纸沾了水，把嘴涂成了大红色，然后嘴里嚷着结婚拜堂这些乱七八糟的句子，一会儿还挺起了小肚子，模仿孕妇，大叫着说自己快生了，快生了，儿子要来了。

她们所谓的生孩子就是在内裤里面塞个纸团，然后有意无意地触摸，产生一种舒服的感觉。过会儿大家一起掏出来，说生了，一会儿这个说生了一个男孩，一会儿那个又说生了一个女孩，表情很认真，大家一块儿生孩子，气氛非常热烈。

对这么无聊的举动大家一点也不感觉无聊，之后便结伴去买大大牌泡泡糖，长条的特甜的泡泡糖，放在嘴里能嚼很长时间，吹出气球似的大泡泡，破的时候会罩一脸一鼻子。

二楼的几个房间里过节似的，异常热闹。

到小学四五年级，班里有留级下来的大女生发育了。

有几个长得快的女生经常聚在一起窃窃私语，她们的胸部不像二毛那样扁平，都有点挺挺的，上体育课跑步的时候，胸口经常起伏得很好看。

有一天早晨，大家聚在操场上做广播体操。做到跳跃运动时，在二毛前面的大女生突然站住不动了。她穿了一身绿色的军衣裤，一会儿裤子上黑了好大一块。她僵住了一会儿，之后还哭了起来。广播体操做完了，好多人都回头看大女生，另外一个同学陪着裤子湿了的大女生回去换裤子。操场上的孩子们说悄悄话的说悄悄话，偷偷笑的偷偷笑。

二毛好奇地问班里的同学，说她怎么撒尿也不会了呢。

那人白了一眼她，说这个你都不知道，她来那个了呀。

到底来哪个了呢？怎么这么复杂呀。

小学时光很快过去。

不喜欢苹果小学是肯定的，但过去了的时光总是值得留恋。

尽管所有的小学生活看上去都大同小异，每天早晨都要听着一个女人尖声地叫着：“为革命——保护视力，眼保健操——开始……”然后音乐响起来了。所有的小学生一边用手指在眼圈上画弧，一边闭着眼睛趁机再睡一会儿。然后号角声把大家都赶到操场上看升旗。音乐又响起来了。

一个男人高声大叫“第 × 套少年广播体操现在开始。第一节，伸展运动……”，小树的枝条伸展开来。所有学生都挨挨挤挤地排到了还没来得及填上水泥的土操场地上。所有的小胳膊和腿就随着带队的小胳膊和腿有气无力地摆动。到跳跃运动了，大家都装模作样地蹦两下，好像生下来就体弱多病。

苹果小学离家只有十五分钟的路程。

在学校后面，一直往前走，会看到菜田和最后面的一排坟地。也许野狗刨开了旧坟，有时淘气的男同学会用树枝叉了一个人的头盖骨到学校门口吓女生，还看到过一堆血红的肚肠，上面叮着几只苍蝇。暴雨季节，一连积几天水后，校门口还汇了一个水潭，可以在里面捉泥鳅。

反正和二毛原来待的新坊桥小学比起来，这个新建的小学是好玩又差劲。

二毛怕上数学课，数学老师长着一张可怕的脸，凶得要命。他最擅长的就是把顽皮的两个男同学叫到课桌前，突然把两个脑袋砰的一声撞在一起。他太凶了。

小潘同学不再来接二毛之后，二毛和乙单元的陈晓琴经常结伴。陈晓琴是个看上去干干净净，长得也比别的女生结实的女孩子，她那鹅蛋脸上一双丹凤眼看起人来一斜一斜的，身后还拖着一根长长的麻花辫。她走起路来屁股扭啊扭的，麻花辫也随着那节奏晃来晃去。

那时候，二毛常对着镜子看自己干瘪的背影，心里奇怪陈晓琴怎么就和自己长得不一样。

二毛脸上还有了几个白白的虫斑。

班里很多同学脸上都有，大家吃宝塔糖打蛔虫，好可怕，真的有好多虫子在上厕所的时候被拉出来。班长叫大头，农村来的，平时总是抢着给班里搞卫生，帮老师同学干活儿总是最积极的，脸上也长着好几个白色的虫斑。

有一天老师叫二毛和大头站到讲台上来读课文，二毛说："一个声音高叫着：爬出来吧，给你自由！"大头说："我渴望自由，但我深深地知道——人的身躯怎能从狗洞子里爬出！"

二毛和大头两个人脸上的白色虫斑相映成趣，大头还鬼鬼祟祟地老想躲到二毛的背后去，他明显要比二毛矮半个头，全班同学都笑了。

老师也笑着说："他们俩一高一矮，二毛看起来好像是他家长似的。"

二毛被大家笑得有点气恼，心想我有那么老吗？谁要做他家长呀。

在他们这班孩子上小学五年级的时候，有个体育老师姓崔，有点秃头。长长的马脸，头上没有几根头发，他把后面的一撮长一点的搭到前面，假充作刘海儿。

那张脸一看就讨厌，可能是一种直觉。体育老师也不喜欢她，因为她的体育成绩差一点就要不及格。当时，她能感觉到，姓崔的一看见几个大一点的女生就来劲，两只眼睛贼亮，嘴里说的话也和对小女生说的不一样。

有一次，大家跑八百米，跑着跑着陈晓琴的身子下面突然有血流出来了，她哇的一声哭了。崔老师连抱带搂地把陈晓琴弄进他那间又黑又长的独立办公室去了。

他那间又黑又长的办公室很神秘，早晨老是有一群全校长得最健康最好看的体操队女学生在那里练操舞，手里还挥着彩带转圈。

崔老师领着那些女生转来转去跳舞的样子很是招人看，他长长的马脸微微仰起，看上去很以此为豪。

体育课暂时终止，女生面面相觑，男生幸灾乐祸地窃窃私语然后大笑。当时班里的女生懂那事的还不多，除了看见一个留级下来的大女生老是愁眉苦脸，嘴噘起来都可以挂油瓶了。她上早操时刚做了两节转身运动，就一动不动地站着了。可这样还是让人看着她的一条草绿色的军裤慢慢湿了，草绿色染上红的血，有一种奇怪的感觉。她去厕所也是遮遮掩掩，不敢当着小女生的面，总好像要从裤兜里掏一点藏着的东西，一点都不爽气。

这一切让人既好奇又感到滑稽。

二毛随口说了一句“好玩”，突然怪笑两声的样子不小心被陈晓琴看在眼里，她在被崔老师弄走之前，用一种怨恨的眼光狠狠地白了她一眼，然后说：“最好你永远不要有这一天，有了也叫你痛死。”

二毛当时还不觉得，只要是女人总会有这一天的，无所谓地看陈晓琴在大庭广众下被崔老师带走，心里感到既刺激又兴奋，仿佛知道了很多秘密。

很快，陈晓琴被崔老师选进了校体操运动队。她的屁股更大了，扭得也更厉害。二毛清楚地察觉到崔老师看陈晓琴的眼色不对了。

有一天，一队女生排着队，准备着踏板跳远测验。崔老师的双眼眯着缝站在沙坑一角不知道在想什么，排在前面的二毛跳好之后，无意地站在崔老师旁边，看着嬉笑着继续向这边奔跑跳跃的女同学们突然间开窍了，她发现崔老师目光注视的焦点了。那几个已发育成熟的女同学跳动时剧烈地一起一伏的胸部曲线让她隐隐有一种不祥的预感。

后来集合时崔老师实在按捺不住又大大地暴露了一回，也许他觉得女生们实在是一群太小太可忽视的孩子。他竟然突然把手伸向陈晓琴的前胸，装作无意地说："你衣服上有根头发。"陈晓琴条件反射后退了一步，满脸通红。但除了二毛，纯洁的同学们丝毫没有觉得这一切有点反常。

在出事后的一个下午，二毛问过自己，如果陈晓琴没有拿大头的事来取笑自己，作为一个身体晚熟，意识方面却比较早熟的女孩子，她会不会劝陈晓琴当心一点崔老师。或者如果知道这关系到两条人命，会不会忘记前仇（芝麻粒般大的）而重新和陈晓琴说话呢？会不会告诉她，崔老师实在不是一个好东西？有一天二毛和同学捉迷藏，躲在他的办公室后墙处，亲耳听到有一个女的哭泣的声音，那个女的还说她肚里的孩子怎么怎么，那个声音很像教英语的小徐老师，但当时她不懂，也不敢看，更不敢对谁说，回去睡了几觉竟差不多忘了。如果她早点把这一切告诉陈晓琴，还会有后面的一切吗？可惜一切都为时过晚。

等她知道这件事情时，差不多已经全校皆知了。

崔老师已被公安局抓了起来，大家都知道他是个大流氓。

他以辅导运动队的同学练习，为即将要召开的全市体操比赛做准备的名义，留下了五个女生。据说练到后来女生们都很渴，他让她们在那间办公室里坐下休息，拿出了早已准备好放了安眠药的果汁递给毫无戒心的她们，女生们全都一饮而尽，继而昏昏欲睡，崔老师就这样把肮脏的手伸过去了。

这件事是怎么败露的，具体也不太清楚。但据崔老师在公安局交代，他奸污了两个女生，其中一个是陈晓琴。其余三个他只是有过猥亵举动。这个交代是班里一个母亲在本校做老师的同学说的。从那以后，她再也没有见过一直很骄傲很漂亮的陈晓琴。

这件事对二毛的震动很大，脑袋里整天晕晕沉沉，一直在想崔老师当时是怎样摆布眼前几个毫无防备的猎物的，一方面感到恶心，一方面一种带着罪恶感的刺激却纠缠着，使她不能释怀，老是想着这事，勾勒着事情当时可能的真相。

那些天学校里到处都有人挤在一起秘密地说着话，有老师走过他们才散开。

有一天中午二毛正在教室里画黑板报上的花边，冬梅突然进来对她说："不好了，不好了，你们家那幢房子被人围得水泄不通，陈晓琴自杀了。"

她的脑袋嗡的一声响，但心里一直感觉要出事、要出更大的事的那块石头倒掉了下来。

果真出事了，就在自己的班里，就在自己住的那栋楼里。（那栋楼可能风水不好老是出事，下水道事件、陈晓琴，她不知道很多很多年以后，她自己的父母亲也成了那栋楼的一个特大新闻。）

陈晓琴出事前已经在家休息了好几天了。在那事发生不久，她的父母本来要给陈晓琴办理转学手续。可就在他们来学校的那天，陈晓琴上吊自杀了。谁也不知道她从哪里学到了这一手。班里很多学生都参加了她的葬礼，可二毛说什么也不敢去。后来这桩轰动全城的案子很快就判了，崔老师被押赴刑场。可人们都说还是不合算，便宜了这个衣冠禽兽。但也只是说说而已，而陈晓琴痛苦不堪的父母却要承着这一切。

同学告诉她，追悼会上，大家都觉得这一切好像不是真的，都没法相信那是真的，活生生的人，前几天还和他们一起玩，那么骄傲，她爸爸宠女儿宠得跟什么似的，这么大了恨不得还要抱抱她亲亲她。可现在她竟然没了。那一切只是梦，那鲜花簇拥着躺在那里一动不动的只是一个他们不认识的陌生蜡像。

后来也没有人再提这件事了。

这件事情发生不久，二毛和冬梅小学毕业了。

她的小升初考试成绩不算太差，仅仅比市重点中学一中的分数线低了几分，要是在新坊桥小学，可以进另几个好一点的中学，但现在在苹果小学，按照地段，如果考不进重点中学，就只能分配进本地段的苹果中学了。

冬梅的分数更低，她倒是一脸爽气，说："苹果中学就苹果中学，低端就低端，到哪都一样，只要我们自己要学好，那帮学校里的流氓难道还用刀逼着我们学坏不成。"

二毛的情绪低潮可能还和陈晓琴的死有关系，但是大家都故意不再提起她，她们已经懂得了回避自己无力解释的现实。或许等陈晓琴没了，她才承认陈晓琴的漂亮和好强，甚至她的早熟都是她和冬梅及不上的。

# 4

# 那一年 离长大还有 一段 距离

小学毕业，二毛果然没有考进重点中学，只是按照学区分进了小学旁边的苹果中学。

她暗自思量，从家到苹果小学路上要花十五分钟，从家到苹果中学路上只要十分钟，那么是不是以后只要躺在床上就可以直接考取苹果大学了呢？

九月份开学，很快，没多少时间天就冷了，天冷了学校里的所有年级都要进行冬天的晨跑。学校里那点操场不够跑，于是路线就排到了学校旁边的新村，晨跑的队伍将从学校操场出发，“一二一”，跑向校门口，跑到马路上来，跑到家附近，二毛在家里就能听见他们“吭哧吭哧”的喘气声，看见他们像牛和马一样嘴里冒着白烟喘着粗气。太高兴了，早晨又可以晚起来二十分钟，可以不紧不慢等他们的队伍从二毛家楼下往冬梅家那楼跑，捎上趁乱插队的冬梅，然后又跑回来准备再次杀回学校时，她才装作也已经跑了几千米累得上气不接下气的样子加入那些陌生的学生，一边跑一边前后左右寻找自己的班级，准备和总部会合。

当然这样偷懒也会有险情，因为比别人多出一个书包和一个哐啷响的饭盒，容易暴露目标。好在，冬天人一多就乱，其他老师们自己不爱在外面瞎跑，由教体育的老师带队，他们人高马大，经常睁一只眼闭一只眼，昂着头只管向前跑，完全管不了那么多。

据说苹果中学有很多小流氓，经常不三不四地聚在学校门口，穿着喇叭裤，有的男生还偷偷抽烟。

才上初中一年级，二毛也和那些大女生一样，来“倒霉”了。

在一个夜里，她被一种特别的肚子痛给惊醒了。然后上厕所的时候发现内裤上黑红黑红的东西。暗暗观察她的母亲好像一个重新找到活儿干的失业女工，乐开怀似的对女儿说：“你总算长大啦。”然后她像洪波一样到她的大床凉席垫子底下抽出一条红红的带子来。她好像要用那红布条捆住二毛了，二毛非常害怕，觉得那布条很丑很难看，像一条酱红色带鱼。

二毛在那一年离长大成熟还有一段距离，还是一个在大太阳底下走路时间稍长，就会一个跟头栽进坑里去的豆芽菜女孩。甚至在冬天到同学家长所在的纺织厂里去洗淋浴的时候，洗着洗着晕倒在淋浴房，然后赤身裸体就被人抬到淋浴房进口处的长椅上吹冷风，直到清醒过来看着自己单薄的身体又羞又怕。和纺织厂女工们健康肥硕的身体比较起来，她就像是奶牛旁边用来对比的狗尾巴草一样，羞答答，实在太没出息了。

初中的时候，二毛已有一米七，脸色苍白，贫血。但是这不妨碍她的身边聚集着很多男孩和男人。如果目光也能化成太阳能的话，她家的自来水管无疑天天都能自动流出温水。

弟弟到现在还记得：门吱吱的声响猛然把他从沮丧中拉出。离他不远处，一个女人刚进入小区外面延伸出来的花园，整个花园骤然苏醒、震颤。她在开满白花的梨树下面散步，穿着一条红色碎花的连衣裙，对着窗户叫他的名字，想把他从那个自闭的黑暗的世界叫唤出来。

他总是有点畏惧。在晕晕的白光中，她的长头发闪耀着，绽放着，腰部不盈一握，就是她，比他的梦更强更真；就是她，小学和初中，总有男孩在楼下等她一起去上学。她总是很强大，父亲不敢欺负她，总是只能把气撒在自己身上；她好像总是在阳光中，而他却生活在黑暗里，一出生就是在一间厨房改成的小房间里独自哭泣。她有天没带钥匙，来他的教室拿他的钥匙，班里的同学都轰动了。一帮矮小的男孩子头朝上仰望高大的她，奇怪他竟有这样漂亮的一个姐姐，自己家都没有，那时候一般都是独生子女了，他们在她走后问他，她是他的亲姐姐吗？

他小小的心里因此而感到荣耀。

她不见了，周围的白色梨花突然也跟着一起消失。

很小很小的他，可怜地睡在一条被子下面，家里总是没有人，只有她，放学回家来看他。她以为他睡着了，把手伸进他的被窝，轻轻把玩他的下面，那么软那么小，突然也会硬了，那是他要撒尿了，于是她像他的小母亲一样把他揪出被窝，给他把尿，嘴里发出“嘘嘘”的声音，尿像一道淡金色的箭往一个方向落下，慢慢地他安静了。她把他重新放回被窝，把刚温过的奶瓶的奶嘴塞进他的嘴巴。

很小的时候，她就会做这一切了。她八岁的那一年弟弟出生。后来他还记得一只手悄悄地钻进他的被窝，抓住他的小鸡鸡的感觉。她好像有了别的玩具，后来就不再提。他总是任由她摆布的，早晨尿床后更是如此。他习惯了她的摆布了，她用过的毛巾总是有股玫瑰的芬芳，日记本里夹着月季和栀子花的花瓣，香味也缠绕不去。他迷恋有她陪伴的那段时光，他们共有的那个房间，五斗橱的玻璃板下压着众多男生寄来的彩色明信片，上面用端正的钢笔字写着各种诗行。

他们的父母亲在隔壁吵架的时候，她和他各自靠在自己的床头上无可奈何默默地对望着。他只有她这样一个同伴，可是她后来根本对他不管不顾，毫无感情，那些男孩追求她，他们的诱惑明显比他对她大出许多，她就头也不回地离开他和这个家远走他乡了。她总是做着自己喜欢的事情，不像他总是无法选择被迫接受他不喜欢做的事。

这个世界让他总是处在一种失去之中，不断地失去。

从来没有感到过什么会长久，什么永远不会失去，什么可以轻而易举得到。

母亲开始对二毛讲她和父亲怎么会结婚的往事，好像她真成了大人。

原来父亲一直是很孤傲的，他很想参军，可是因为家庭成分属于资产阶级，部队没有收下他，于是一直很不开心。

二毛问他们怎么认识的，为什么隔壁的洪波、钟波的爸爸就整天乐呵呵的，和孩子打成一片，不像咱家那个那么冷漠，让人看见都害怕。

母亲说那一年他们都是知识青年，上山下乡的时候分派在外地的同一个农场里，一起回城，又一起下乡，于是，活泼的她还是被沉默不太说话的他抓住了。后来两人分在连云港两个不同的农场，父亲开始不停写信给她，一手毛笔字漂亮极了，写的情诗也很有文采，她一天比一天更动心，把他的来信看了又看，等真的走到一起，她才知道一切都是误会，那些信只是他的双鱼座好伙伴代写的。可是那时已经来不及了，一切都是阴差阳错，一切大概都是命运。

这么多年了，这个男人再怎么不通人情世故，不像别人家的爸爸那样懂得关心人，可他们全家住的房子毕竟是他单位里分的。

二毛开始喜欢上了学校里的一个女老师和一个男老师。

女老师教语文，很漂亮、很清秀，上课的时候，她穿的白色衬衫里露出白色棉布文胸的轮廓，转过身在黑板上写字的时候，男学生们就指指点点做鬼脸。

二毛是语文课代表，经常被语文老师叫到讲台上去朗读自己的作文。下课了，语文老师也会叫她到办公室里去，给她吃个糖，聊聊天，说说春节晚会上唱《冬天里的一把火》那歌的费翔什么的。

有时候会在去办公室领取学生作业本的时候，遇到女老师的男朋友——是在学校里教英语的老师，长得很帅。

二毛很羡慕和向往女老师的生活，那样独立自主，那样神采飞扬，好幸福啊。她经常想，要是自己长大了也能像女老师那样就好了。她也遇到了她喜欢上的第一个男老师——长得像电视剧《上海滩》中的丁力，是负责学校里的文艺会演的。

二毛代表班里出了一个节目，配乐朗诵徐志摩的诗歌《再别康桥》：

轻轻的我走了，
正如我轻轻的来；
我轻轻的招手，
作别西天的云彩。

那河畔的金柳，
是夕阳中的新娘；
波光里的艳影，
在我的心头荡漾。
…………

在钢琴声柔美的配乐里，正在排练的二毛一抬眼看见了“丁力”，留着小胡子，很深很黑的一对大眼睛，炯炯有神地看着二毛，好像猜透了她的心思。于是，一瞬间，二毛的心动了，脸上飞起两朵红云。同样一撇小胡子，让二毛第一次体会到心跳如鼓的感觉。

多年后再见一次，已经不知道该说什么。

那段时间，二毛还在学校的地球仪绘画比赛中夺得了一等奖。

也就是大家在一个小小的白色乒乓球上画出一个微缩的世界地图，有经度、纬度，有海峡，有各个国家。谁用最短的时间画得最像最准确，一个真的大大的地球仪奖杯就属于谁。她赢得了奖杯，她画地球仪的照片被挂在了学校一进门的玻璃橱窗里，上面题字“一丝不苟”。

照片上童花头的女孩，留着齐齐的黑刘海儿，脸色苍白，眼珠黑黑的，目不转睛盯着手里的小乒乓球，手里正在画着经度和纬度，果真有点一丝不苟。

这时候各种各样的男生追求者也向二毛聚拢过来。

从小缺少父爱的孩子都喜欢成熟的男人，不喜欢和自己差不多年龄的男生。在她的眼里，那些男生只会捉弄女生。

那时候，晚上骑着自行车在马路上就会被前后几辆小流氓们骑的自行车左右夹击，他们让她的自行车想快快不了，想慢慢不了。最后只能扔下自行车跑走，躲在某户人家房檐的阴影里一动不动。

有时候，还会遇到酒鬼。有一天母亲加班不能回家做晚饭，父亲让二毛去打酱油，左等右等还不回来，外面已经很黑很黑了。过了一个小时，父亲下楼找了一圈没有找到。不久她独自回来，父亲看到二毛正在二楼和洪波说着话，于是不由分说上来对着她的脑袋就打了下来，嘴里还说着："叫你打个酱油都找不到人。"

二毛委屈得大哭起来，她说她刚打了酱油，就遇到了一个酒鬼，拦住她不让她走，还在后面追她，她又担心酱油被打翻了，心里怕得要死，好不容易挣脱酒鬼的纠缠，回来还要被他打！！

父亲说："我还以为你一直在外面玩呢。"

那天晚上，二毛一直在自己的房间没有出来，她不要吃打她的人做的饭。她心里说：你自己一个人吃死掉吧，吃死掉了我和母亲就有好日子过了。

更让人生气的是有一次，她想趁白天父母都出门上班了，请班里的好朋友来家里做客。她和母亲说了，母亲隔天给他们准备了一些水果和糖，还有瓜子。

第二天，男同学女同学都来家了，大家聊天，听一些新发行的歌曲磁带，什么张行的《一条路》，张蔷的《甜蜜蜜》，大家一边吼着，一边吃着二毛下的一锅有点煳的酒酿圆子。大家伙儿正乐着呢，突然一阵沉重的男人的皮鞋声响起，一个高大的黑影从天而降，二毛发现她那个素来独来独往、很少和人寒暄的父亲回来了，天知道他那天怎么不工作提前回了家。

有女同学还好意地叫他一声“叔叔”，可他一脸寒气。

他自顾自地往自己的房间里径直走去，完全不看任何人一眼，走到里面房间把自己的房门重重地关上。嘭的那声像一记闷棍打在二毛的心上。

男同学女同学放下正吃着的酒酿圆子，一个平时最好的女朋友小声问她：“他是你亲爸爸吗？”

弟弟的同学也曾经问她是不是弟弟的亲姐姐，现在轮到她了。

太没面子了，二毛眼泪都要流出眼眶了。她在心里暗暗发誓：一定要尽快离开这个家，离开这个不讲道理的男人。到外面去，就是讨饭也要到外面去。

父亲房间的那道门他一向是锁着的，怕家里其他人会发现里面的宝贝秘密似的，当然孩子们只惦记食品柜里的几个透明的玻璃糖罐。

那天因为同学要来，二毛央求母亲不要锁门，可是却没料到恶魔竟然提前下班回家，还是坏了她的好事。那些眼巴巴地叫着“叔叔”却被父亲理也没理挡在门外的同学们感到很奇怪，其中还有一个她默默喜欢的男生余奕，一切都被那个不共戴天的男人搞砸了！

她更加变成那个倔强的女儿了，离他越来越远，不喜欢听他说话。为了逃避父亲，离开这个有他存在的家，二毛从小就对外面的世界蠢蠢欲动，有一线希望就想不顾一切地挣脱开母亲的护卫，像一只断了线的风筝拼命地冲上天空。

她想跟任何一个男人走，只要他能带领她离开这个家，离开父亲，随便去哪儿都成，只要不在这个城市。

印象中父亲有次破天荒竟也请一对母女来家里做客。

当然是趁中午母亲在厂里上班不回来吃午饭，二毛目不斜视只管对付碗里的饭，不看她们也不理她们，父亲还笑着给那个三十几岁的女人介绍这是他的女儿，正在哪里哪里读书云云。

看着父亲突然变得慈眉善目的嘴脸她心里很来气，太阳从西边升起来了，他怎么认识这个带着三四岁幼女的外地女人的？二毛没有完全搞明白，但是很快向母亲偷偷汇报了这个情况。

当时的母亲颇有计谋，她表面上装作不动声色。有一天父亲晚回家，进门却看到母亲喝得满嘴酒气倒在家里，看到父亲进门母亲就撒酒疯，大叫着说你就出去鬼混吧，别再进这个家门了，把我们三个都抛弃算了。

如此搞了一段时间，母亲还假装成那个外地女人，打电话到父亲的厂里，师傅长师傅短的，被父亲心急慌忙回了一句“你不要再来找我了”打发掉了。

母亲好像用智慧赢了一局，家里暗淡的日光灯下，又看见父亲一人灰头土脸在灯下喝闷酒，没精打采地吃上几片老牛肉了。

父亲爱吃牛肉的习惯保持了很多年，也许是牛筋啃得太厉害的关系，六十岁以后他的牙齿就日渐糟糕，松动得咬不下任何肉了。

从某一年开始，二毛从闯荡多年的城市回到家乡，突然惊愕地发现曾经英气勃发、帅气逼人的父亲突然变成一个秃顶、面容浮肿的老男人。母亲说他妄图留住日渐稀少的头发，吃了很多小甲鱼。作孽呀，现在的小甲鱼据说是喂抗生素和避孕药长大的，父亲每天清蒸一只，吃了一个月后他的五官就浮肿变形，简直令人不敢多看。

父亲爱喝酒，更爱在酒后独自说东道西，牢骚满腹，那仿佛是父亲和他的家庭成员之间唯一的沟通方式。他的朋友很少，年纪越大，朋友丢得越快。年轻时搞大串连文斗武斗还有一些朋友，上山下乡时也还有一些朋友，后来，就越来越少了。他越来越孤僻，退休后经常骑着一辆自行车，到公园去找一堆比他年纪还大的老头老太喝茶聊天，在他们中间，父亲是最年轻的。于是他自我感觉良好，经常西装革履打扮得像个归国华侨，还戴着礼帽，每天早晨一丝不苟地骑着自行车，带着一个热水瓶去公园赴和老头老太们的约会，偶尔打上两套南拳，舞上几步剑。留下来的照片上，老年父亲用礼帽遮住他秃掉的脑袋，露出依稀可辨的往日面目，还有几分招摇。

弟弟一直对父亲没有那么大的意见。因为他是男孩子，父亲对他的关心总是要多一点。每个星期会带他到自己的工厂的大澡堂子里去洗一次澡。弟弟回来会悄悄告诉二毛，说那里的叔叔们下面的小弟弟都很大，有很多黑黑的毛。

二毛也和洪波、钟波一起到大人的工厂澡堂子里去洗过澡，女浴室里是淋浴，一个个莲蓬头。白色的雾气蒙蒙，像人间仙境。不争气的是洗澡的时候，二毛经常低血糖，洗着洗着，她就人事不知，头重脚轻地晕倒在地了。然后大人们再把她抬在一张长椅上，拖到靠近门口的地方，吹着小风，她才慢慢苏醒过来。

在那么小的时候，二毛觉得自己就已经尝到了死去的滋味。她经常想，要是我现在就死掉了会怎么样呢。她唯一舍不得的是母亲。母亲总是那么辛苦地在外面工作，还老是加班。

二毛觉得母亲只是不愿意在家里陪着她不喜欢的父亲，也不喜欢听父亲说那些废话。当吃晚饭的时候，下班买菜做饭已经很累的母亲把饭菜盛好端上桌子，父亲跷着二郎腿，喝着酒，吃自己买回来犒劳自己，老婆孩子都没得吃的五花牛肉，一边发着牢骚说着酒话的时候，二毛就看见母亲眉头一皱，吃饭也没有了胃口。

在她的眼里，母亲特别好看，皮肤好白，好光滑。她想：以后我一定要到外面的世界去，还要在外面把自己的生活过好，然后一定要把母亲接过来，让她离开这个讨厌的男人。尽管这个自私又讨厌的男人是自己的父亲。

怎么能到外面的世界去闯闯呢？

她的胳膊那么细，什么时候可以有自己给自己挣钱，保护弟弟和母亲的力量呢？

她做了很多梦。

一会儿梦里出现了大眼睛黑眼珠的文艺老师，好像他又在指导自己朗诵徐志摩的诗歌。很像《上海滩》里的丁力，充满真正男子汉的感觉。她梦见文艺老师和生活中不一样，在梦里他敢拉自己的手了。她不知道他要带自己到哪里去，可是满心欢喜，随你带我到哪里去，只要不在这个地方，不在这个有让自己感到压抑的父亲的家里。

还有一个经常来找她的高年级的大师哥，他们都是学校文学社的。大师哥写得一手好文章，书法也写得好，一看就是一个才子的样子。那时候二毛放学，大师哥有时会在学校门口等她。还会陪着她在小区里散步，听她聊一些心事。他们手都没有牵过，可是，每一次分开各回各家，二毛就幻想大师哥从天而降，模样、声音都比平时大了几号，比父亲勇猛很多，轻轻一拉，就把她给拉上天一起比翼飞走了。

这是她的白日梦，她天天祈祷梦想能够成真。

二毛最喜欢唱的歌就叫《越长大越孤单》，她喜欢听着收音机里传来的梦幻般的歌声，在家附近公园的小山包上越爬越高。

躺在草地上，一会儿感觉文艺老师陪伴在她的身边，正在循循善诱，一会儿又看见大师哥精通十八般武艺，昂然于天地间，像一个真正的英雄，让仰首看他的二毛内心充满荣耀和满足……

外面的世界像一个万花筒向她伸展开来，五光十色，令她目眩神迷。

# 5

## 小城里的男孩们

很多年前，二毛就做过一个梦。梦见一个非常干净如同五星级宾馆一样的殡仪馆。所有工作人员的打扮也符合五星级的标准，都是黑色的制服，里面衬着白色尖领的衬衫，挺括，一丝不苟。

游客们被一辆辆旅游大巴送到这里。人人喜笑颜开，他们尚不知道等待他们的是什么。

可在梦里她自己心里明白这里是殡仪馆，所有人在这世间的最后一站。他们坐着旅游大巴来到这里，也许预示着他们在这人间已经旅游了一番，而现在旅行结束了。

门童们正用标准的姿势为他们拉开旅游大巴的门，请他们下车，而大巴摇晃着，还没有完全停下来，像跷跷板，似乎在说天堂在上面。

对人生有过这样的梦境提示的女孩，心里注定有和年龄不一致的内容，眼神里也更早就有一种对人生了如指掌，看穿了的洞察神情。

同龄的男孩从来不在她的心里出现。太容易就看明白他们。太容易的事情就提不起兴趣去做。只对远方和年长的男性，有能力把她带离这个环境的男人感兴趣。希望有一辆旅游大巴带她走，但是不要带到梦里的那个五星级地方。随便去哪儿，只要不是这儿就行。

于是这一切变得可以理解，和她交往过的三个小城男孩注定成为过眼云烟，很快从她的生活里退场。即使他们曾有过小小的交往。

心动，诱惑，似乎很早就知道，她天生需要和男孩子交往，仿佛那是一门天生的手艺，不拿出来用用就会年久失修。和男孩们周旋周旋会让她忘记眼前的烦闷和必须面对的现实。还会燃起渴望，越来越近，越来越迫切的远走高飞的渴望。

有科学家说爱情是有时间限制的，在几个月、一年半或三年之内，使两个人相互有好感的荷尔蒙就会燃烧殆尽。曾经觉得自己对一个人动情的时间比科学家总结的还要短。

只有在没有得到另外一个人的心之前会对那个人充满好

奇和幻想。不管用哪种方式，一旦让她知道他已经投入爱的罗网，已经迷恋上自己，则暗示着爱情的游戏似乎已经结束。她将一点一点抽离自己的感情和感觉，一点一点地离开那个人。

后来总结自己有征服者的人格特征，这种人重视的是过程而不是结果，喜欢接受挑战，不安于享受平淡的生活。

换一种说法这也是一种永远没有长大的幼稚人格，就像长不大的小孩子，希望有人给一颗永远也不给到她嘴里的糖，或者永远只给她吃一点点，这样她将永远被吊着胃口追在你后面跑。

曾经还有种奇怪的习惯，喜欢吃什么，就一直吃一直吃，吃到吐为止，这样就再也不用碰那个东西了。那个东西就不再对她有最初的致命诱惑。有一年迷上了深圳产的老婆饼，每天吃五个的话，会每天都想吃，不吃完全不行。后来一天连着吃了十五个，然后很长一段时间，看见副食品店里的老婆饼都需要绕开路走了。再也不要吃。

暗自类推，如果自己迷恋上一个男人，如果那个男人一个星期只见她一两次，那么可能会在以后的每个星期都期望与他见面。而如果天意安排那段时间恰巧他和她每天都在一起待着，经过最初的一段如胶似漆，或许将很快对他厌倦，只想找个理由赶快从他身边溜走了。

就是这样一个对自己都没有多少把握的人，当然对除了自己以外的他人更无法完全信任。一个连自己都不能控制住的人怎么去要求别人始终如一呢?

传统的说法一向是男人花心，其实女人的本性中也有。只不过以前的女人隐忍，而现在的女人个性张扬，不再掩饰罢了。

说有那么一种人，天生就是情种，爱谁都是一腔真情，并且从未生过害人之心。这样的人实际上只是爱情路上的旅行家，其所经历的女人或男人是他们眼中的一道道风景。在他们看来，高矮胖瘦或深沉或活泼的男女是特色不同的景致，每道景致都有可爱之处，即大都市有大都市的华美、小乡村有小乡村的野趣。这许多的美景看看也就罢了，偏偏他们会不断停下来，做或长或短的停留，但无论时间长短，他们终究都是要走的。

喜欢看风景的人感情本来就丰富，风景看多了，欣赏风景的手段也越来越高明。被他们看上的人，常会深深地沉醉于幸福当中，因为旅行家往往有丰富的经验，让这人以为自己是天下最与众不同、最了不起的，徜徉其中，不觉世事。而看惯了风景的旅行家的兴趣不仅是欣赏，更在发现，他们的心里总是渴望上路，找寻新的景色。一旦旅行家离开，那人才会幡然醒悟，自己把最美好的时光都给了他们，随着人去楼空，以后的岁月中，与自己相伴的只有孤独和忧郁。当初只知道他们懂得欣赏风景，哪想到，他们只是来旅行的，你不过点缀了那个人一时的梦，占据不了那个人的心的。

长久以来，人们总是认为，一对男女爱得发狂的时候，就应该结婚了。其实，如痴如醉时，正是一个人精神高度集中并忽视周边情况，对问题不能做出准确评估的时候。

爱，除了肯定和赞美，更在于彼此志同道合、承担责任。所以，身为女人，在决定付出时，一定要先辨认清楚，眼前的男人到底是归人还是过客。

在二毛的小城记忆里，有三个男人与自己有过情感纠葛。

一个是若干年后成为大企业家的初恋余奕，他年轻时长得像《上海滩》中饰演许文强的周润发，可若干年后当再次见到已经事业有成的他的时候，发现英俊的“周润发”完全变成杨澜的老公吴征的那种富态形象了。

看来成功还是要付出代价的。

她那些生于20世纪70年代的同学，不像后来的80后、90后，那时高中的年纪情窦初开，可以默默在心里喜欢很久，朦朦胧胧地带着相思，能拉拉手，在跳集体舞的时候相互靠近能够有条件接个吻就已经算撞上大运了。

印象中很深刻的，是他们一帮春心初萌的少男少女经常一起出游，坐绿皮火车去无锡的太湖游乐场，去新开的舞厅跳交谊舞。最难得的是有一个同学有次提供了一套他哥哥装修好即将结婚用的房子给大家开黑灯舞会，几对暗生情愫的同学依偎在一起翩翩起舞，跳着跳着，其中一对刚刚结婚的年轻人提出要先撤退，害大家把他们好好取笑了一番。那时候还是只有结婚了才拥有某种特权的时代，他们提前回家这个举动很是让剩下的朋友们想入非非。

再后来，就是二毛离开家乡，前往刚刚成为特区的深圳发展。其实也就是那边有几个认识的人，至于要干什么心里完全没底。

初恋余奕给她录了一盘磁带，还写了一封信，是用情歌的歌名串起来写成的一封信，从《驿动的心》《大约在冬季》到《花心》《爱如潮水》《心如刀割》，最后一首歌名叫《你知道我在等你吗》。

他把这信中提到的几十首情歌全部精心收录在随信寄来的磁带上了。那时候还没有 CD，全部得靠双卡录音机，把录有那些歌的磁带翻过来倒过去播一遍挑出来，再用另外一个录音机来录这些歌。她听着看着非常感动，能够感受到字里行间他的那份纯纯情谊，还有那么多他欲言又止想要对她诉说的话。

余奕是一个特别好的男孩，二毛走之前还硬塞给她他跟别人兑换来的一千元港币，说带到深圳可能用得到的。在她刚到深圳一个月后，他又和几个很好的朋友借口旅游来深圳看她。

那时候二毛住在罗湖桥招待所每天三十五元一个床位的房间里，白天出去找那些朋友的朋友介绍的工作，晚上回到招待所的三人房间。余奕他们来的那段时间，二毛白天不再出去找工作，只是和他们一起去一些香蜜湖、华侨城之类的旅游景点玩，晚上他们几个男孩住一个有几张床的大房间，二毛和余奕躺在一张床上聊天，其他男孩假装睡着。时间有点晚了，二毛再回另一楼层的女士客房。

天下没有不散的宴席，终于到了第二天就要返回老家的日子。临别晚上，他们聊着聊着终于有些克制不住，偷眼看其他男孩全都睡着了。电视机里播放着哇啦哇啦的粤语广告，其中一个是“黑人牙膏”，许多年后，二毛在超市里还能看到这种牙膏，一个亮着一口白牙的黑人戴着一顶西式黑帽子，充满喜感地冲她微笑。

她还能想起那天晚上他们哭着亲吻，第一次有了躲在被窝里非常匆忙非常草率的亲密接触，因为毕竟旁边有人，匆忙得似乎是在完成分别前夕的一场应景戏，完全没有留下什么印象。

那次之后她和他就再没有单独聚首的缘分，他回到家就被父母逼着去和别的女孩相亲，家里人不可能让他等在外面漂泊的人，谁知道她还要漂泊多久，还回不回去呢，即使人回去心在外面也野了。

第二个是打网球的少年运动员，他从小就进入省体校网球队，逢年过节才回到小城。有一年闺蜜冬梅认识了他的好朋友——一位省体校游泳队的健将，两个女生被他们两个男生拉着一起结伴玩，所谓的玩也就是一起去市里唯一的游泳池里学游泳，完了再一起到网球场打网球，男孩们的炫技罢了，当然两个女孩的虚荣心也被满足了。

小城的游泳池不大，一边是成人区，一边是少儿游泳区。中间用漂在水面的什么东西隔成两个区域。

二毛始终不肯把脑袋泡到水下面去，她腰上套着个彩色救生圈，站在水里很严肃地看游泳专业队小将在教冬梅学习游泳，那个打网球的少年就陪在她身边，时不时自己游一个泳道的来回然后再过来陪她这个旱鸭子说上两句。

他问为什么不让他也教她游泳，他保证不会让她呛到水的，不要怕。二毛说觉得很多小孩在水里撒过尿，这里的水看上去蓝蓝的很干净，其实很脏。所以，不可能把脑袋泡在水里练习憋气，因为这个怀疑情愿不会游泳。她的话让他感到啼笑皆非。

他们高大修长，和小城里土生土长的男孩看上去就是有点不一样。小城里的男孩很容易就露出土气来，省体校回来的就显得见过大世面，有点洋气，像港台片里出来的小生，一表人才，落落大方。

网球少年像港片里的公子哥一样喜欢在脖子那里打条小黑领结，小分头梳得一丝不乱，平时不打球的话就喜欢戴一副很显斯文的细黑边眼镜，和他一起走在路上还能闻到他刚喷过的阿迪达斯男用香水的味道。他的确是个很注重外形的男孩。

网球少年还很喜欢带二毛去他家里做客，见他的父母。其实他的父亲是生父，母亲是个后妈，生母在生下他不久之后病逝，后来父亲又娶了新的母亲，比他父亲年轻一些。他们看见二毛都很喜欢很客气，他父亲做得一手好菜，总是亲自下厨，特别留在记忆里的是红烧的油面筋塞肉。家常菜最能体味到菜里面包含的主人内心的情绪，他父亲一定是非常着急想要拥有一个二毛这样外表文静的儿媳，面筋塞肉肉质浑圆饱满，汤汁微甜，浓油赤酱，非常非常好吃。

和网球少年来往了一些时间，他胆子大了点，吻了她。尽管在学校时就有过初恋，可是和初恋在一起时还很单纯，什么也不敢，隔了好几年离开学校以后才开始约会。和网球少年的认识，恰好就在和初恋分开的空白时间段里。

在一个莫名其妙的夏季，在曲曲弯弯的河边，他们竟然接吻了。他不是第一次，以前在体校的时候和一个女生谈过恋爱有过接吻。她心跳如鼓，震惊莫名。眼睛不敢睁开，很害羞。

后来他好心带她去南京他所在的体校去，住在他好朋友的家里面。莫名其妙地这样唯一一次外出让她对他起了厌烦心理。外出时身体和心理上的疲倦，身在异地见到的又是陌生人，这种缺乏安全感的紧张和特殊性对两个人来说都是一个很大的考验。

如果所有的人结婚之前都度过一个蜜月旅行，那么回来的时候也许有一半的人会形单影只，心里不再想和对方共度一生了。初次结伴旅行会暴露很多问题，很多习惯没有时间磨合的话，关系很有可能也就走到了尾声。

是的，他们两个人的相互失去好像就在明孝陵，那似乎永远走也走不完的长长甬道上。他只顾着给她拍照，她却脸上没有笑容。然后他要她快点走，她却拖拖拉拉，开始还跟在他后面，后来两人的距离越拉越大，他一开始还等，后来也没有耐心了。他累了，前一天晚上还陪着同学打了一夜的牌，今天是强撑着精神在陪她玩，她却一点不领情。

明白这一点，可是心里还是突然涌起厌倦。厌倦于当天阴郁的天气，厌倦于自己并无游玩的兴致，而他觉察不出来。那么年轻的年纪，她已经未老先衰。

游戏无法进行下去，他们渐行渐远。

与小城最后一个有点情感纠葛的人似乎是一个给某副食品集团领导开小车的司机。那是家里人给她安排的一次相亲，对方姐姐和二毛的阿姨在一个单位共事，那个小城里的人大概比较闲，老是热衷于给别人牵线做红娘，不管成不成，也算他们业余生活的一部分了。

虽然在学校里就有很多心动和早恋，但是在某方面来说她又是经历比较单纯的，亲戚们总想为她安排能给生活带来实惠的男性对象，比如这个给副食品集团领导开小车的能让他们都很兴奋很满意，说是逢年过节家里的年货简直吃都来不及吃呀，父亲的烟酒完全不在话下，母亲要买什么只要开口关照小贾一声就行了。

生女儿的荣耀大概就体现在一个能给全家带来各种实惠的、有能力的未来女婿身上。二毛开始困惑了，不知道是按照本性让自己顺着风去自由地漂，还是满足家里各种亲戚对自己的计划和盘算，去见各种各样的相亲对象，然后把自己嫁给一个能让全家喜笑颜开的人。

那是小城女子的正常生活图景，在皇历上挑选一个大吉大利的日子，结婚的时候必须大操大办，很多车，很多大件小件，床上堆满几十条花花绿绿的被子，大概一辈子都盖不完。母亲很早就开始留意储存各式各样的锦被，计划着给二毛选一个大吉日子在城里最新的餐馆办上几十桌，昭告天下风风光光地嫁出去，希望她在家里掌握着经济大权，然后，打打麻将，嗑嗑瓜子，养养下一代，可以继续工作也可以不工作，有车有房总是很容易达到……没有过多的野心和盼望。一家人可以经常下下馆子，然后上有老下有小，忙碌没个尽头，很无聊也很充实，一个女人几乎就可以过完这样完整的一生了。

二毛的一生都将成为父母的遗憾，她是一个天生的罪人，因为她没有走正常的完满之路，没有满足父母亲对她男友的盼望。尽管二毛和长得也算风光的司机小贾也约会过，坐着领导的私车去看电影，小贾开着车来家送过丰厚的年货，让邻居都啧啧称叹，但是她的内心还是接受不了那个现实，即走上将自己奉献给让父母展露欢颜的那样一条道路，而让自己觉得委屈。

不，她还是一个最注重并且忠于自己内心感受的女子，注定走不了那样一条外人艳羡的阳光大道，而是宁愿自己撞得头破血流，完全没有保障地靠自己去摸索去走另外一条充满荆棘和坎坷的独木桥。

也许这就是她的命：成为不了养尊处优的少奶奶，而是一个自由自在的独行者，是一个喜欢走在路上懒散地看风景的人。

父母注定是会对她失望的。

很多年来，每到除夕夜二毛家和一般江南家庭一样有一个庄重的祭祖仪式，那是一年中父亲最正经最和蔼的时候。母亲提前用小碗盛好八个小菜，用小酒杯斟好酒。父亲在桌子面前的地上铺上一个磕头用的坐垫，他脸上放光主持着整个仪式，喝一轮，他对着祖宗说点话，轮流让全家四个人磕一轮头，嘴里喋喋不休，让祖宗保佑女儿嫁个好人，让儿子有出息，让他发财……

最后在祖宗吃得差不多要告辞的时候，他再点燃一包事先准备好的“银元宝”，让祖宗们带着去花。这样的仪式每年进行一次直到二毛离家出门闯荡，开始不再每年回家过年，弟弟也在外生活，除夕夜有时忙不回家，父母亲的除夕越来越凋零。开始两个人还磕磕头烧点纸钱，后来母亲有时候也躲在二毛外婆家，祖宗开始没有饭吃，父亲自己吃点东西就上床看电视了。

父亲在家里唯一的一点权力没有了，往日在这一天的威风也渐渐沉寂。他不再在这一天烧纸钱，也许父亲对祖宗有些失望，他们没有保佑女儿找个好人家，也没有让他儿子有个好工作。两个孩子养到大却对他不管不问，女儿回老家的时候倒是会给他带烟和酒，可不回来的时候却只给她妈寄钱不寄给他，看到汇款单上总是没他的名字就火大，心里怨气冲天。

在左邻右舍眼中，没有一场吹吹打打，开着一排小车来接新娘的结婚仪式，脸上就没有光？好像这一辈子自己最看重的一件事情没有干？

要接受那样的婚姻，那么孩子就应该为父母的愿望而活？

有时候觉得很危险，要是父亲不是一个严厉冷漠的父亲，也许二毛会和小城里的同学一样，留在小城过安逸的生活，不会从小就那么渴望离开家，离开父母了。在正常的轨道里结婚生子是不是比现在浪迹天涯更幸福呢？

命运的事情谁又知道。

后来看到根据英国作家简·奥斯汀的小说改编的电影，生了七个女儿的英国老妇，总是着急于那些如花似玉的女儿们的婚事，希望她们嫁给伯爵或者子爵人家的公子。她像一个推销商，一旦有符合条件的客人来访，家里立刻乱成一片，大小女儿在老妇人带领下站在客厅里迎接，所有目光都看向门口来访的猎物。如同在夜总会“妈咪”带领下站在厅里被客人挑选的小姐们，她们的眼光急切、热烈、迫人。

还好，二毛没有生在那样等级分明的国家，没有生在一个子女众多的家庭，没有一个那样把嫁女儿当作自己唯一事业的母亲。太可怕了，那样会让那些女儿内心慌张、失去自我、倍感压力。

多年后每次听到黄莺莺唱过的一首歌《我曾爱过一个男孩》，就会想起她在小城里遇到的男孩们。

我曾爱过一个男孩
他说我像花一般的美
在每个月光的晚上
他来到我窗前歌唱
歌声轻轻地扬起
我心儿也跟着颤动
却不知道为什么哭泣
睁开眼他已经离去

那男孩离开了家乡

到一个雪深的地方
在每年春天雪融以前
他寄给我一张纸片
春风轻轻地吹起
我心儿也跟着颤动
却不知道为什么哭泣
想告诉他我想念你

我曾爱过一个男孩
他也许已经儿女成群
在每个冬天的晚上
在炉边教他们歌唱
炉火慢慢地烧着
我心儿也跟着颤动
却不知道为什么哭泣
莫非我还依然年轻

# 6

## 外公 外婆 和其他

小时候，父母作为知识青年上山下乡，二毛和外公住在一起。在二毛和外公以前住的白渡桥附近，穿过一条名叫东下塘的长长弄堂，旁边可以看到很多门，每扇门都通向一个院子。外公住的院子里住了两户人家，其中一家有个女人老是喜欢让儿女用勺子在她身上刮得鲜红，据说叫刮痧，是排身体里面的毒。刮着刮着她就突然大叫起来，深更半夜的，听着更加可怕。

外公的院子中间有一棵梧桐树，风吹过去叶子沙沙地响。那间房子带有一个阁楼，外公睡下面，二毛睡在阁楼上。大人记得在她三岁那年，有一天她在痰盂上坐着，眼睛看着床底下，突然对旁边的外婆说，床底下有一个老太婆。外婆吓得要命，赶快喊“不要瞎说不要瞎说”，二毛非常委屈，说床底下真的有一个老太婆，那个老太婆还在对我笑呢。

外婆问老太婆长什么样子，她描述了一下，外婆一听就不响了，她知道小孩子没有说谎。后来等外公回来，外婆告诉他之后就走了。那时外婆和外公已经离婚了，在毛巾厂工作的外婆只是偶尔来看看二毛，因为父母亲那时候还在乡下接受再教育。似乎很小的时候她就是个没爹没妈的孩子。

几年过去以后，稍稍懂事，听家里人告诉她，在那个地方下面，埋着外公姑姑的骨灰坛子。所以当年跟外婆说看到的老太婆的样子其实就是外公姑姑的样子。外公姑姑终身未嫁，是一个老处女。家里的人都称这位长辈为“好姑姑”，她一直住在这间屋子里，直到八十几岁时死去。二毛自己也不知道从前怎么会看到那一切，也许孩子的眼睛是不设防的。

还有一件事没有对家里人说，在七八岁时，外公喜欢叫她给他拔头上的白头发，尽管嘴里说拔一根长十根。拔着拔着，外公就迷迷糊糊地睡着了。二毛有时也睡着了，但又总会突然惊醒，在黑暗中睁开眼睛，能够清楚地看见一个透明的黑影在走来走去。常常在那样的夜里，空气沉静压得人透不过气来，一动也不敢动，看了会儿把眼睛再紧紧闭上直到憋出密密的一身汗。不知道那是一种什么感觉，开始有点恐惧，后来却又明白了，习惯了那种无形之中的存在反而不害怕了，如果怕可能早就不和外公住了。

外公的好姑姑也许是因为孤独才出来在这个她曾经住过的房子里走走看看的，她还在关心着这个家。所以，不怕。

鬼和人一样都有善恶之分的。

二毛喜欢听外公讲他过去的故事。

年轻时外公是个有名的翩翩公子，风流倜傥，所到之处挥洒之后都可以签单。他的祖父吴晓芙是在湖北襄阳知府做三品大官的，后来举家迁到烟城，办读书院、育婴堂，拥有东下塘那一片区域的房产，都是四开间的房子，前后厢房，中间带花园。

外公的伯伯因是小城第一个开黄包车行的人而被记载进地方志，当时在东下塘一带有黄包车两百余辆，傍晚收工回来的黄包车沿青果巷对面河边的小巷一字排开，长长地排下去，遮没了半条道。

外公抽福寿膏（即鸦片）到六岁，穿长袍穿到九岁，养尊处优的日子是一辈子纠缠着他的幸福与噩梦。随着父母离世，世道大变，外公的一切随之而变。家里的房子被收，只留给他一套房中的小小两间，无数的陌生人从外面侵入，亲戚却又彼此分道，转眼之间他变成一个普通的轮船公司的职员，这种强烈的反差使他不满，也在以后漫长的几十年中不断折磨他，使他生活在不断回顾中，而不是怀着希望的状态之中。其实，家是早已破败了，祖上搭起的框子经不起时间的磨，一年一年不可捉摸，家里的万千藏书，甚至是那些黄包车的轮胎、房子的大梁，在自然灾害时期，都被人拿去做燃料，或者不知所踪。

最后，外公手里只留有两句话：诗书长，知足乐；能忍安，菜根香。这是外公录的祖训，等到他老了，住在老年公寓里时，他自己用毛笔抄了贴在墙上。

外公是个牢骚很多的人，他看不惯很多事，很多人不知道他为什么会突然地愤怒。他爱喝酒，喝了酒脸变得红红的，从报纸上的新闻到贪官污吏大说特说，也会突然沉默，不发一言。

二毛的外婆和外公离婚时还很年轻，尽管当时这个叫张静芳的女人已经生下了七个孩子，四男三女，中间都相差两岁。后来第一个男孩阿龙因病去世。频繁的生育与有一个吃喝嫖赌得非常厉害、回家后又只知道殴打老婆孩子的花花公子丈夫并没能影响她的美。

二毛无数次对着外婆的照片发呆，她总弄不明白为什么外婆那一代以及二十世纪三四十年代的女人那么美，照片上头发的形状、眼睛里的神情都是那么真实而特别。二毛每次走在两边都是彩色橱窗的大街上，看着那些摄影公司挂出来的矫揉造作的盛妆靓女，都会觉得她们退化了，她们失去了与生俱来的自然魅力，都套上了一张乔装打扮过千篇一律的假脸。而外婆那时候的女人完全不同，她们脸上、身上，不论衣着还是姿态，都能看出内容，看她们的时候会感觉真正地动心，自己也仿佛走进了故事里。像一首歌词中写的“读你千遍也不厌倦”。

外婆实在忍受不住外公的折磨（他们最小的儿子，也就是二毛的小舅在外婆的肚子里就被外公的声音吓成了心脏瓣膜缺损），那是20世纪50年代初，外婆在毛巾厂工作，下班以后她爱干绣枕头套一类的手工活儿。外公打过她之后，第二天她开门时总会看见住在后院的一个姓杨的年轻人在默默地看着她。

后来，外婆要和外公离婚的念头非常坚决，她再也不怕外公的打了。再后来，他们终于离掉了。外公要了三个女儿，他说女儿会照顾人。他们留在东下塘的祖屋住。于是三个儿子跟随外婆搬出了白渡桥，住到了十字街8号，和江南大学者吕思勉住前后院，做了邻居。孩子们过年还能得到吕老的压岁红包。

后来外公又纠缠过外婆，要她和自己复婚。外婆坚决不肯，为了断绝他的念头她开始信佛，经常参加各大佛教名山上的盛会，穿起灰色和土黄色长而宽大的布袍，神色庄重，似已忘记所有前尘往事，取法号叫“静观”。

那个姓杨的年轻人爱了外婆许多年，他的老家在苏州。他一直没有结婚，给外婆写过很多信，二毛偷偷地翻出来看过，字非常漂亮，像书法课上在临摹的字帖上描下来的，写的什么却记不得了。

外公独自过了几年，也有过几个女朋友。他的外表还是非常有派头，油头粉面的。随着他家产的挥霍殆尽，外公也渐渐潦倒了。孩子们一天天地独立，外公一天天变得安静了，他开始在一个船业运输公司挂了个名，每天去消磨时间。这时候，他十八岁的大女儿，也就是二毛母亲已经在连云港东辛农场做知青了。他对大女儿非常不好，在和外婆没离婚的时候，他在吵架时把一个大花瓶扔向这对母女，二毛母亲的额角从此留下了一个不再褪色的印迹。后来外公也许良心发现，对二毛倒是不错。

又过了很多年，六个儿女的孩子也都长大了。外公这时候已是一个年近八十岁的老人了。也许是长期养尊处优的生活的缘故，他倒并不见特别老，还能随便吃和四处走走。他主动为自己选择了敬老福利院，住的是两个人的房间，里面有简单的家具，小小的阳台，走廊上有公共活动间，也有专门的医生。儿女们每月给他几百元的生活费，单位还有一份退休工资。不知道他现在常常发呆时想的是什么，在变老完全走形，不再英俊帅气的脸上，所有的往事都好像深藏不露，不值一提。

在前面二毛已经提到过她的父亲和母亲。可又突然想起有一点她还没说。

她的父亲成年后深受那个戴上高帽子、老是被人拉出去游街批斗的“走资派”——二毛爷爷的影响，总觉得怀才不遇，郁郁寡欢。他是家中的独子，小时候曾经像宝玉似的，富足的家庭曾经把他打扮得漂漂亮亮，在他的耳朵上戴了两个马奶子玉耳环，映得那小脸更是粉雕玉琢。有一对日本夫妻想把他带回日本，爷爷奶奶当然不肯。

时光很快过去，世事变得比想象的快。

二毛的爷爷被批斗后，关进大牢，家产没收。奶奶沦为用人，给人家帮佣才把一男一女两个孩子带大。

二毛的父亲本来要去参军，可奶奶不肯。于是他在那段落魄时光里偷偷地看了不少书，从高尔基到奥斯特洛夫斯基。若干年后他没想到这些知识却是在酒喝得朦朦胧胧、似醉非醉开始教育女儿时才派上了用场。

若干年后，二毛想父亲最辉煌的是“文化大革命”时候，那时他东奔西走，一会儿在北京，一会儿在南京、上海大搞大串连，还险些在枪战中被对方打死。父亲最得意的是在自然灾害期间，他正在一个粮油加工厂上班，豆渣饼天天吃个够。

二毛的同学都说她的父亲长得真好看，像演员梁波罗。二毛自己还是喜欢她的母亲，一个做过小学语文老师的传统中国女人。父亲和她的外公一样，都是属猴子的，他们发起脾气来都非常可怕。二毛除了自己打定主意不找属猴的男人做丈夫外，还曾经劝说她的母亲如果忍受不住父亲的坏脾气那就离婚吧，可她的母亲还是挺住了。他们的家总算保留到了最后。

可怜的弟弟三毛在上小学的时候，正好遇上刚进入青春期的姐姐，姐姐脾气反复无常，一不高兴就把他关进卫生间里，让他在黑暗中哭泣。她还不让他随便动她的东西，不然控制不住发起火来，会用她的长腿踢他。

弟弟的童年和少年时光过得不快乐，他成了一个闷闷不乐的孩子，父亲用学业逼着他，借了酒劲儿冲他乱嚷，教他用的是过时的方法，做题目时一不小心脑袋就挨了他的打。老师对着他的作业总是责怪他，他不敢解释，只是徒然地成了一只夹在风箱中两头受气的老鼠。同学看他好欺负，有时留级生就来打他。他能向谁说，姐姐整天想着她自己的事，写那些朦胧诗，情愿和男同学约会也没多少时间关心他、留意他。

弟弟初中没毕业就逃学了，他患了强烈的自闭症，在家里待了几年，然后过早地到社会上去尝试各种工作，从直销洗洁精到去餐馆传菜，他逼着自己搞懂这个世界。到现在，一晃很多年，弟弟成年了，个子长得高高的，脸也很英俊，可还是话不多，背也总是稍稍有点驼，总是像做错了事要避开所有的目光，不要别人看到自己。

二毛现在想到她的失职，心就会痛。

当初她听到弟弟的同学问他，姐姐是亲生的吗，她还满不在乎。现在长大了的弟弟再也没有机会让她抱他、亲他、听他哇哇直哭的声音了。她除了新年给他买他要听的张学友的原版 CD，能再挽回什么呢？她不敢想过去，一个人怎么可以那么无知地走过来呢？

还是回到外公。有一天二毛回家后发现外公已经在床上躺了几个月了，情况一直没有好转，他的腿没法动弹。外公不时敲打着他的双腿，对着空气喊：“还我的腿，还我的腿。”

外公和外婆离婚后，有过另外几个女人，分分合合。后来要求和外婆复婚，外婆说她已经成了居士。外婆一直没忘记年轻时吃的他坏脾气突然发作的苦，最小的儿子，二毛的小舅舅就是在娘胎里落下了先天性的心脏瓣膜缺损。他们一人带三个孩子长大，他选了三个女儿，但儿子们长大成人，他让轮船公司里的木匠，给他们每人打了一套家具。后来，很多年过去，孩子们除了贴给父亲钱用，就只能在父亲那里听到唠叨和不满。老了的外公住在谁的家里也住不安稳，自己的房子又不方便，只好住进敬老福利院，有特护，有食堂。外公有时还自己开开小灶，做上两个浓油赤酱的拿手好菜。但时间一长，他还是不安稳，又换了几个类似的地方住。

不断地折腾，直到他住进二儿子独居的家，直到他的腿坏了不能走了。在床上躺三个月后，两个女儿来陪，有一天中午照例又胡闹，说要自己一个人住，搬回他以前住过的房子，要他的钥匙。下午，女儿随意拿了两把钥匙给他，说满意了吧，大毛不要那房子了。大毛是他的妹妹，老年时大概因为子女挑拨，提出外公以前分得的两间祖上留下的房子有一间她也有份。就在那一刻，女儿突然发觉老人就在这时停止了呼吸，拿钥匙的手还抓得紧紧的。那双手，后来二毛在追悼会上也看到了，没有血色，像玉。

八十一岁的她的外公，就这样永远走了。

二毛最后悔的是，有一年，外公住在老年公寓，她从上海回去，他问她还有没有胶卷，可不可以帮他在那边拍点照片，当时二毛不知在想些什么，这件事竟然没有办成。

这是外公这辈子最后求她办的一件事情。

她整天做很多无用的事，却错过应该认真做的。来不及了。

回想这么多年以来，二毛一直是个爱看书的孩子。

小时候她只要看到印字的纸就走不动道了，邻居家有各种各样的杂志，她就会待在他们家里看到暮色四合再也看不清为止。

所以二毛初中的时候就戴上了隐形眼镜。每天早晨要把洗干净的薄薄镜片塞进自己的眼睛。有时，一只镜片突然掉到地上，她就瞎了，满地找镜片，摸也摸不到。很是伤脑筋。

她有黑框的框架近视眼镜，可是戴在脸上老感觉不自在，不是看不惯自己的老气样子，就是觉得鼻梁被镜架压得生疼生疼，真是受不了。等她上初中的时候，做不锈钢装饰生意的小舅舅给她买了第一副隐形眼镜，第一次戴进眼睛的那一天，她觉得天都变透明了。

母亲是一直戴近视眼镜的，看上去斯文大方。二毛觉得母亲戴眼镜很好看，毕竟从前插队时做过语文老师。母亲洗脸的时候拿下眼镜，二毛就觉得不习惯，不好看，好像脸上缺了什么似的，还是赶快把眼镜架上去这才对了。

二毛出生的那一年奇热，母亲把她放在一个小塑料盆里，然后再放在一个盛满水的大木头澡盆里漂着。那时候还没有空调和电扇，只能这样凉快凉快了。

等到二毛记得住一些事情，她首先记住的是夏天的夜晚和大孩子们去抓屁股后面一闪一闪的萤火虫。

那时国内什么地方的大地震刚刚发生，大家有家不敢回，住在外面临时搭起来的地震棚里的。不管发生什么惊天动地的大事情，孩子们都生活在自己的小世界里，在各家各户的地震棚之间穿梭来去，抓知了和萤火虫，或者长黑尾巴的小蝌蚪，忙得不亦乐乎。

二毛嘴甜，狂叫来看她的叔叔阿姨，送他们出门的时候必定拖长声音叫着：下次再来啊。谁见了都喜欢她，给她糖吃。

那时候乡下有人卖三分钱一块的大大泡泡糖，小孩子们有钱了就集体找那个女人买糖，女人就很神秘地从门里面吊得很高很高的竹篮子里拿糖给她们。也许是乱七八糟的东西吃多了，二毛老喜欢抠自己的肚脐眼，因为觉得里面老是能挖出内容，母亲看见了就要骂，说她会肚子疼。

不让抠肚脐眼，她就大叫屁股痒。晚上，母亲就把她翻过来趴平，给她抓屁股里藏着的虫子。痒痒的好舒服，二毛真想一直让母亲扒拉着自己的屁股，挖里面的虫子。

母亲反对的二毛通常很喜欢，比如她喜欢吃鱼肚子里的鱼子，母亲就说吃了会笨。

从前家里有一个会叫的塑料小象，后来被人从铁栅栏窗里偷走。小偷大概从来没见过这样的东西，塑料小象被他一捏叫了起来，小偷自己也惊叫了一声。还有一个吐出舌头的灰绿色瓷青蛙。青蛙大睁着黑黑亮亮的大眼珠子，张开的嘴巴是爸爸扔烟头的地方。她很喜欢那个青蛙，因为觉得很像真的。

二毛的作文越写越好，经常被老师叫到黑板前去读给全班同学听，还要用木头夹子夹在教室的墙上当范文给全班同学看。

她用瓷猪存钱罐，有一次存了三毛三的硬币，感觉自己发了大财。

班里的女同学，陈未家三个女孩如花似玉，可她母亲却是一个又矮又胖的麻子女人。

陆云有一天烫了长波浪卷发，让二毛觉得她成了女明星。

那时孩子都喜欢过年，过年的时候家里就会染红鸡蛋，用个丝线编成的网兜兜住挂在胸前。

童年时她还在母亲下放的村子里，看人家在雪地上杀狗。被倒吊的狗发出哀号，二毛吓死了，冻得簌簌发抖，可是红鼻子爷爷煮好狗肉的时候她觉得好香好香。有一次母亲也烧了红烧狗肉，二毛觉得狗老被人吃太可怜了，就坚决不吃。后来母亲骗她说是红烧牛肉，她才吃了，还是很香。

母亲做的菜很好吃。过年的时候，她最喜欢在家里做蛋饺，用一个圆形的小铁勺，一碗打好的蛋，往铁勺里倒一点，四边摇摇，往炉子上的小火上烤烤，铁勺里就形成了一张蛋皮，里面搁进肉馅就包好了一个新鲜的蛋饺。

这也是最喜欢看母亲做的菜品之一。

二毛的外婆会弹琴、绣花，写得一手好毛笔字。后来成了遍访四大名山的居士。她念《般若波罗蜜多心经》，念《地藏王菩萨颂》，每天做很多很多功课，还让二毛跟着念，于是她经常喃喃自语：南无阿弥陀佛。

最难忘的是有一年跟外婆到苏州的东山。会书法的杨公公（就是那个从前在后院痴痴对着外婆张望的杨姓青年）带她上山看果树，满山满树都是水果，杨梅、桃子、梨、苹果，地上掉着熟透了的水果，引来苍蝇嗡嗡地叫。

外婆吃素，每天都炒上几个新鲜的素菜，额外给二毛加餐，不是炖鸡蛋，就是煮个很大很大的鸭蛋。

外婆还手工给二毛缝了平角短裤和一条裙子，裙子上面是粉色的，下面是红色的花布，很好看。那时候的人还会绣花，外婆拿一块布放到一对木头做的圆箍上绷紧，在上面先用笔描花样，然后就可以拿针线绣花了。

# 7

# 记忆中的文化宫还有旱冰场

和外婆从苏州回家，二毛就让冬梅约一帮同学去滑旱冰。整个烟城统共只有两个较大的旱冰场，一个设在市文化宫里面，一个在兰陵。多年后二毛从北京卖了房子回到故乡养伤，就在兰陵买了一处公寓定居。

她喜欢文化宫里面的旱冰场，因为每次进来滑冰，顺便在文化宫里面东瞧瞧西看看，可以消磨掉很长时间。文化宫是由几栋楼组成的，有很大的院子，白天很安静，晚上有很多人来这里上课和娱乐。就像学校一样，每一栋楼都有很多教室，有一些门进去则是棋牌室，或者是打气球、练枪击、阅览的地方，玩累了还可以在楼里找到专门喝咖啡、喝茶的兰孔雀休息厅，对外的舞厅门票三元，是很多退休下岗职工休闲娱乐的好去处。长长的走道上玻璃橱窗很多，上面贴着花花绿绿的“卫生常识”“生活小窍门”什么的，总有人站在那里看上半天，看上去能增长很多见识。

二毛在里面这样东瞧西看磨磨蹭蹭，班里其他同学已在门口集合了。冬梅带头叽叽喳喳地往里面的旱冰场赶，大家一起凭学生证做押金换旱冰鞋，然后会溜的人很开心，正溜反溜，换着花样卖弄技艺，不会溜的被会溜的拉着手战战兢兢地迈步。

看着他们像刚刚学步的小孩似的样子就好笑，二毛的水平是介于很会溜的和学步小孩这两类人之间，只要没人打扰，可以一个人慢慢溜上几步再靠着旁边的铁栏歇一下。可是旁边人一多，左一脚右一脚的，她就害怕别人滑过来把自己的步子搞乱，甚至要吓得四仰八叉摔跟头了，这样她就不得不沿着铁栏圈一边滑一边注意前后情况，一不对劲就抓住旁边的防护措施。

冬梅常笑二毛是胆小鬼，冬梅说：“你怕摔还能练得好滑冰吗？看你夏天学游泳老不扔掉救生圈，不是到现在也没学会游泳呀。快点把手给我，我拉着你溜。”

二毛对远处的大头和杨小熊眨眨眼睛说：“那两个讨债鬼不在，我本来敢溜的，他们一在老想捣蛋我就害怕了，还是我一个人玩吧。”

冬梅摇摇头说，“好，那我不管你了”，说完就晃着一头男孩样帅气的短发S形溜开了，看起来特别像台湾玉女影星林青霞。二毛很羡慕冬梅体育方面样样比自己能，不管是游泳还是溜冰，学得既快又好。有一年夏天两人一道学游泳，她没学会，可冬梅不仅学会了游泳，还在游泳池里泡上一个南京体校毕业的退役游泳选手南方。

南方和冬梅聊得火热，游完泳又约着去双桂坊喝永和豆浆。二毛这个体育方面的弱智自惭形秽，只想早点开溜，一个人乖乖回家，可冬梅死活不让她走，南方也说别走别走，他还有一个体校同学要来和他会合呢。

就这样本来当电灯泡的二毛和王兵这个省体校打网球的退役运动员认识了，冬梅觉得王兵很帅，二毛却对王兵没有多少感觉。她内向，一向喜怒不形于色。王兵教她打过几次网球，练得胳膊肌肉抽筋，写字都手抖，可还是没有掌握打网球的要领。王兵倒是很有耐心，还要苦口婆心地指导、给她做示范，二毛自己却先灰了心，说："对不起，我实在没有运动细胞。"

冬梅和南方还是打得火热，她希望二毛和王兵也和他们一样出双入对的，二毛却想着余奕，不想见王兵，与其说是对他，不如说对他代表的体育项目灰心了。当然嘴上说的总是要硬一点，冬梅问她不喜欢王兵的理由，二毛说："一是王兵不该一只耳朵戴耳环，好像同性恋，要被爸妈看见了准得怪罪死；二他是从体校退役回家的，只有得不到奖牌没法再继续比赛的运动员国家才会让他们退役，以后王兵的出路顶多也就是一个网球教练，每天口干舌燥地回到家，到时说话都懒得和我说的，别看现在面上挺殷勤。”

也许是从小就看着父母亲关系不好，父亲老是在家阴沉着脸，对母亲也很少有笑脸，两人说事口气也像吵架，二毛从小就对主动接近自己的男孩子保有警惕，反倒是那些对自己不露声色的男孩，她有时会有主动接近他们的欲望，可能是被家庭影响弄得有点变态了吧。

冬梅听二毛把王兵批判了一顿，就不作声也不劝他们好了，她知道二毛主意大得很，心眼儿真是多着呢。说王兵是没用的退役了的运动员，其实南方也是退役的。现在南方只能在游泳池里教体校的小孩子，她却还是和他好不是没出息吗？冬梅可不管有出息没出息，现在她只想有一个陪着她玩，陪着她吃饭的人，至于将来那么遥远的事情，她才没耐心想呢。

那年秋天，还发生过一件轰动全市的事情，就是文化宫旱冰场手榴弹爆炸案。就发生在这个她们经常来的文化宫里面的旱冰场，所幸的是当时天还没冷，爱溜冰的孩子还没出动，没有人员伤亡。

手榴弹是从和旱冰场一墙之隔的小巷子里投过来的，犯罪人员的用意大概也不是伤人，只是想制造惊慌。那条小巷子一头通向一个基督教堂，二毛在那个教堂里做过一次礼拜，还为了礼物和圣餐，于某一个平安夜混迹于人群之中，蹭了很多好听的圣诞歌曲。往巷子的另一个方向走，便会来到迎春市场。迎春市场是一个大集市，有很多个摊位，有卖衣服鞋帽的，有批发食品茶叶的，还有不食人间烟火的花鸟虫鱼。

没事的时候，二毛、冬梅和妖怪三个人也爱手挽手地逛迎春市场，从东头走到西头。她们常常感叹口袋里没有什么钱，不然那范晓萱式的跳舞裙要比正规店里的便宜很多，果茶也比超市里的便宜。吃着棉花糖，她们可以在鱼池边看上半天，有一种吃人鱼样子真怕人，还有一种叫滴水观音的植物，放在家里可好看了，它们的叶子隔一段时间会自动滴水，今天这片叶子滴几滴水，明天那片叶子滴几滴水，房间里不就自然充满水分和活力了？

这样的巷子，总是有各种各样的人出没，地方大人杂，到底是谁扔的手榴弹，这案子很不好查，那时又没有四处装摄像头，不像现在，罪犯躲无可躲，随时都会在摄像头里留下踪迹。到年底也没破出案来，旱冰场的正中央被炸弹炸了一个大窟窿，水磨石地面开了花似的。

学校里的同学们分批过来看热闹，把老师们搞得很紧张。她们怕再出事，就禁止学生再来文化宫旱冰场里溜冰。上有政策下有对策，老师站在文化宫门口堵，学生像猫捉老鼠游戏里的耗子一样哧溜一声从旁边溜了进去，弄得老师们自己没趣了，嘴里说："看你们玩，出了事家长可别找到我们学校里来。"说着也就打道回府了。那时的老师比现在尽责，可能学生也少，还管得过来。

后来文化宫里的旱冰场照样开放，那个被手榴弹炸开的破洞堵上了，旱冰场重新粉刷过，新年新气象，人真是胆子大得很，炸弹事件非但没有把人吓退，来溜旱冰的人反而更多了起来，大人小孩男男女女都有。

想起母亲说的，一天有一个女主持人在一家杭州菜馆请客，席间她开了那个小间的侧门，穿过过道打电话，没想到侧门只是装饰用，那个过道是还没完工的施工管道，女主持人一脚踏空就摔到楼下去了。几分钟后，她请的客人还继续在吃饭，一点也不知道她已经在底楼暗道死掉了。听这样的事总感到既刺激又害怕，可母亲说奇怪的是出事后饭店的生意一下火起来，很多客人还指定要在那间包间吃饭，你说现在的人是不怕死还是有点心理变态呢，真是十万个搞不懂。

他们班有的同学喜欢室内的溜冰室，那里灯光幽暗，像酒吧一样放着时而轻柔时而节奏感强的曲子，墙上还放投影。二毛去过几次，被陌生的男人纠缠过。女孩们的青春刚起花苞，讨厌的男人们就来纠缠不休。喝过酒的男人说话时故意朝女孩脸前凑的劲儿真让人受不了，酒气能把人熏哭了。父亲就是一个酒鬼，她从小就恨男人一边喝酒吃着牛肉一边发着于事无补的牢骚的熊样儿。摊上自己有个这样的父亲除了不理他也没办法，在外面碰上这样的男人往自己跟前凑，恨不得瞪圆自己的两眼，朝他脸上吐口唾沫，然后再说一句："你也配，也不撒泡尿照照自己的尖嘴猴腮！"

母亲以前只贪图外表好看，要不也不会和外表英武的父亲结婚。但她和父亲结婚以后，才发现人的外表和内在有很大的差别，外表越阳刚内心可能越胆小、越娘娘腔，别说保护别人了，别说对别人负责任的话了，看见麻烦他们只有像鸵鸟一样把头钻进沙子里躲的本事。父亲在家里主张人人把自己管好，最好自生自灭。他不喜欢家里人给他添乱，他说自己老了也不会给他们添麻烦，会一下子解决自己。他连看场电影也是喜欢像单身汉一样单独行动。他所在的工厂效益不好，他也没有经济能力管家里的事，每月拿出三百五百就不错了，幸亏母亲一直工作不断。她的工作很忙，没时间和他较真儿，两个孩子也一向独立自主，不然用母亲的话说，早知道他是这样一个人，这个家早就散了。

父母亲这样，二毛尽管不缺什么，心里还是时常会感到孤独。

她还是喜欢和同学们一起来文化宫的旱冰场，这是最快乐的时候。这里是露天的，也就正大光明，没有那么多的阴暗，没有可以藏着掖着鬼鬼祟祟的东西。没有什么压在心里，没有父亲高大而阴暗的影子让人时时不由自主地郁闷。

在不溜的时候，她也喜欢看别人。冬梅像燕子一样掠过，那么轻盈。她还会和男生手拉手一起玩花样，像跳舞一样轻巧，潇潇洒洒的，别提有多好看了。她的头发剪得男孩似的短短的，衬着小小的脸架子，眉眼都很秀气，就可惜皮肤稍微黑了一点儿，可黑里俏，拉小提琴的陈美不也是皮肤黑吗，人家黑得多好看呀。

冬梅的开心和他父母和和美美肯定很有关系。冬梅爸爸一点不好看，可家里家外什么都兴兴头头的。冬梅长这么大了还是会和他爸发嗲，让她爸给她零花钱，还会让她爸抱一下什么的。在二毛看来这些举动简直不能想象。

倒不是羡慕她爸给她零花钱，自己爸从来没有。她早已经习惯了从小不向人撒娇，习惯了向日记本倾诉心声。二毛还不习惯看见向父亲撒娇的同学，她像一个大人一样处理自己的事，一个人面对自己的很多事情，很多事情自己来思考用什么方法来面对，而不是从家里搬救兵，这些锻炼对自己肯定是有好处的。

母亲在外面忙碌，每天都很晚回家的时候，二毛一个人在房间里写功课，有时候是写日记，或者对着一本小说发呆。父亲一个人在外面的客厅里喝酒，在厂里效益好的时候，他曾经有很多朋友，那时他是车间主任，提着烟酒来上门看他口口声声师傅长师傅短的也不少。现在绝缘材料市场萧条，厂里一半人下岗，工资也只有基本薪酬可拿，他来往的朋友少了，还没到退休年龄厂里却在动员他们早退，好减轻厂里的负担。

父亲只好在花鸟市场上转悠，多年的生活和工作状态已经让他没了冲劲，也放不下师傅的架子另外找活儿。看得出父亲的苦闷，很多时候父亲只能一个人就着牛肉喝酒，还习惯了说单口相声——二毛把父亲一个人边喝酒边发的牢骚称作单口相声。

父亲牢骚的范围很广（尽管她房间的门是虚掩着的，还是能听见父亲的大嗓门），他在客厅的日光灯下对着墙壁控诉这个社会的不公，各种荒淫无耻的嘴脸，女人一个个在外面逞能（这是说母亲，可母亲不忙你有钱养活我们吗？），他的怀才不遇，官场的问题，美国和伊拉克即将打仗，朝鲜的问题，这个地球的毁灭之日和某某预言……

有这样一个对自己不闻不问，说不清是有学问真的怀才不遇还是社会闲散的四不像父亲，二毛没有抱怨，相反觉得她父亲也是一个社会造成的悲剧。他身体那样好，可有力没处使，报国无门，他的长项不在挣钱上，可现在这个社会好像没有别的可以证明他能力的办法。

父亲这样的人长得再高大健康也没用，他只能压抑着，被谁也不看好，他没有能力帮别人，别人也觉得他就是没能力，慢慢地只能在公园里和一帮锻炼身体闲散的中老年人练嘴皮子消磨时光，自己也磨灭了信心沉寂下来了。

小小的四堵墙围成的家，母亲总笑脸迎人在外面忙，父亲是失败的，也许正因为知道自己的失败，他更想回避日渐长大的女儿。他不愿面对女儿一天天长大的事实，女儿却看着自己的父亲在逐渐被生活淹没，慢慢地认同生活，以为一切都是自己该得的，连抱怨也不再有，双眼由明亮变为黯淡，皮肤松弛，头顶的头发日渐稀少。

不敢再想下去，二毛理解了父亲，可以沉默着忍受他说着说不完的牢骚。不想在他发牢骚的时候躲到外面去玩，那样父亲一个人对着墙和空气说话会更加孤独得悲惨了。

人的本质是孤独的，多一个听众，即使是一个完全不参与、没有任何响应的听众也是好的。只要她在离他不远的地方待着。

# 8

# 二毛十六岁的日记

五月一日　　　　周日

五一放假两天。

上午在家看看杂志，剪贴明星照，把彩色画报上的张学友移到专门为他准备的本子上，半天就消磨过去了。

下午是在奶奶家度过的，和表妹去清潭文化站，采了好多野花。那河边的景色很美，杨柳依依，还种着几棵竹子。风吹来十分舒服，可是没有运气遇见一个熟人。我是一个相信奇迹的女孩。

据说只要心中想，一直想，书上说意念会创造奇迹，眼前便会出现奇迹。

于是，一直在脑海中想念余奕。他五官精致，白白的小鼻梁上还架着一副眼镜；他会做鬼脸，会栩栩如生地模仿老头跑步；他的脸猛一看有点像周润发……

在脑子里把余奕想了半天，然后闭上眼睛做沉思状在心里暗自祈祷：让家就住在这个文化站附近的余奕赶快有心灵感应来文化站打球吧，他一过来正好就能看见我，然后我就装作一点没准备的样子惊讶地看着他，四目相对，这么有缘分的事情，看一向害羞的他够不够胆子先和我说点什么。

只是这么想着，表妹可看见我在文化站门前的蘑菇亭下发了好久的呆了。假模假式的蘑菇亭建在小河边，小河上还有一座小桥。表妹去桥那边采了一大捧野花回来，看见我还在发呆，双眼迷离地不知在想什么，就把花塞在我的怀里，拽着我的手说："走嘛，又在发什么神经，回去找人打牌玩吧。"

表妹才上小学，完全不知愁滋味，刚迷上斗地主，我和她没法说心里话，家里也没人可以说知心话，母亲忙于工作，父亲苦于没工作可忙，我感到孤独，就不由叹了口气，又白耽误了一个下午，早知道就不找借口来奶奶家碰运气，还不如让冬梅这个假小子直接打电话把他约出来，几个人一起去旱冰场滑旱冰玩了。

五月二日　　　　周一

明天要上课了，今天的事也仿佛多了起来。让我一样一样地去做吧。

没有人来打扰我，我也不想去找任何人。

人的本质是孤独的。(冬梅晚上来陪我闲谈半天。)

五月三日　　　　周二

今天的我十分快乐。期中成绩我都知道了，比比别人当然算不上好，但我自己已相当满意。感谢所有对我笔下留情的老师。

很开心，韵律操跳得很起劲。教余奕、陆卫平几个男生跳韵律操，一直在笑。余奕很滑稽，模仿老头跑步状栩栩如生，依然很喜欢他，而张新宇也不错。

真不知道我为什么总是花心地想入非非。

五月四日　　　　周三

今天是五四青年节，我很忙很忙。

如果要问我哪一天最最快乐，我要说是今天。

如果要问我哪一天最最幸运，我要说是今天。就在今天，内心的喜悦满溢，使我禁不住想流泪。下午两点召开第二届春之声文艺会演。我是多么喜欢这样的联欢啊，热闹的气氛，美丽的脸，在神秘园乐队的伴奏下，我柔柔地朗诵着徐志摩的《再别康桥》。我以前欣赏的高我一级的男生凤炎低声为我和着，我沉浸在意识的流动中，一时忘记身在何处。迎接我的是掌声和赞扬。一会儿，身着白衬衫、超短裙的我又出现在全班同学面前领操，一起参加校韵律操比赛。

姜卫用吉他弹唱了一首英文歌，嗓音粗犷，使我迷恋。最后宣布评选结果，两个男生的霹雳舞一等奖，一个男生的独唱二等奖，我被评为三等奖。奖品为一个美丽的盒子，里面是一本明星日记本和一支钢笔。我很开心，有人替我鸣不平，只好又不露出笑脸。

五月五日　　　　周四

一切顺利，只等明天学校几个班的春游开始。我真心希望能保持清新美丽的形象，能和同学多拍些称心的照片，能和我喜欢的老师同学多多在一起，也能和所有人都相处愉快。

不知为什么，教研组的项老师（他不上课，管工会那些事）中午叫我到四楼广播室讲话，动作很自然。他竟然在我颈部、腰部摸了几下，看他的脸又似正人君子，一片慈爱好像真是关心我太瘦的问题。我很疑惑，他的女儿和我同龄，本来因他会写会画，我一向很敬重的。也许是我太敏感了，可是我感觉很不对劲儿。

他又要给我一本《世界人体油画集》看看，据他说是第一个给我看。那是本好书，世界名家的人体油画济济一堂，可是在他的注视下一张一张地翻看大都是裸体的画，我真是十分十分难受。他一直站在我旁边，用手压着我的肩，很近地靠着。看完一半，我推开他逃也似的跑回教室，太可怕了。

但愿是我多心了。

五月六日　　　　周五

上午十点，我们在火车站集合。我拎着两个大包，憧憬与惶恐交织着，开始了三天的旅程。车很挤很挤，姜卫把我带到他们那节车厢，把他的位子让给我。他班上的女生便说老师给学生让位好风格，我很不好意思，迎着他注视的目光只好笑了笑。

班上的男生也十分讲义气，给我拎包。旅途开始，我便这么幸运。在火车上要度过八个小时，幸亏有冬梅给我的“晕海宁”。在下午暮色初降时，我们来到了“上有天堂，下有苏杭”的杭州，又上汽车，到达临时驻足点新丰村旅社二楼的一个房间，我将在这度过两个丰富多彩的夜晚。

第一晚我们很累，八人一个房，抢占下床位，洗脸看电视，坐在床上吃鸡蛋、咸鸭蛋、鸡蛋糕，然后便是睡觉。灯光温柔地照着。第一次和这么多同龄的女孩子住在一个房间，我新奇而且开心。不知谁讲起了恐怖的无头鬼的故事，一听一联想，怕得乱七八糟地叫。紧张关头，灯又不知给谁关掉了。哈，那场面现在想起来都好玩。我赶紧钻进“炒精肉”（这个外号是根据她名字的谐音起的）的被窝，两人壮着胆子渐渐进入美妙的梦乡。

七日、八日、九日，这三天在杭州的日记因为贪玩只好暂时中断了。

五月十日　　　　周二

经过几天的旅程，我对姜卫老师的好感在无形中加深着。他对我的好，那种细致的关心总让我想起来时心醉。在断桥、花港等处，我们常常会走在一起，听他讲故事，什么头上长满青蛙眼睛呀，张胆大李胆小呀，再一起吟吟唐诗宋词，十分浪漫。

今天上课。下课后，我和冬梅两人从转角楼梯上来，我正哼着《当我想你的时候》那首歌，万万没想到（因为没有他的课）姜卫正好从四楼上下来，我们不由自主低下头浅笑，心中十分甜蜜。他也爱脸红，我发现。

和炒精肉在下午放学后去看台湾故事片《春寒》，“帽子歌后”凤飞飞主演，有好几次眼泪差不多要从我的眼睛里夺眶而出。那片中的哀怨时时打动我。他弹着吉他，她唱着歌，目光相视，柔情万缕；他去南洋，她每天在黄昏的河边弹着吉他唱他谱的歌；她的腿扭伤了，他轻言细语，背着她为她按摩；他病危，她搂着他含着眼泪用愁闷的歌为他送行；他死了，她还穿着白色的婚纱，为他掘坟，十指鲜血淋淋，用他们的故事谱了一曲永恒的爱……

五月十一日　　　　周三

今天为姜卫写了一首《无题》，这首小诗本该有个美丽的题目，可面对自己内心的真实独白，竟然无语，想不出题目。的确，他是我不该陷入的迷谷，不该沉入的深渊。可是，纵使紧闭起心扉，又怎能抵挡住他目光的诱惑。在诗里，我可以写上“我要走了”，可现实中是否能躲得开？

我真该认真读书了，决定命运的时刻，我不能糊涂。

母亲买了草莓回来，我很喜欢吃，红艳艳的小麻脸，绿绿的叶子像托盘，十分可爱。

五月十二日　　　　周四

一切似梦。也许是吧，今天上他的课，结束时，只有我一人没发到本子。一会儿，我正低头想事，姜卫在众目注视下在我面前放下我的本子。这一节课，为了我诗中的逃避，我一直不看他，一直低头看看书再抄冬梅的笔记。我打开本子，在后页夹着两张信纸，我很慌乱，又很喜悦，那是一首长诗《十六岁弹箜篌的少女——答致S书》，这是第一次有人认真地为我写的诗，很美的意境。对于他我实在很慌乱。

我还太小，尽管我内心深处觉得和自己差不多年龄的男孩都太不稳定，我的确希望有个成熟能干、有安全感、懂得照顾我又十分宠爱我的男友。也许再过四年，到那时情仍独钟，两人都没多大变化，那我一定要得到他。我相信缘分。

春游的照片拿来几张，自己总看不惯自己，但愿在别人眼里是好看的。

五月十三日　　　周五

今天我们相见，但没有时间说话，可我知道他的目光关切地注视着我，而我……也在记忆里收集着他的一切，他的每个笑容、每句话语。

为了他，我要努力学习，争取灿烂的前景。

五月十四日　　　周六

今天他寄来一张照片。已经对他说清，愿把他带到心目中兄长般的地位上来，他说有些淡淡的哀伤。

我的影集里一下增加了十几张春游拍回来的照片。我一张张地看，看得好开心。特别喜欢那张在旅馆客房里我们一起聚餐时的情景，大家都用杯子装着饮料，举得高高地干杯，每个人都在笑。我那时正张开嘴说着一句祝词，刚刚洗过的头发湿湿地贴着脸，真实得不得了。那真是无限美好的时刻。此时看着照片，回忆着那个夜晚所经历的一切，仍使我心绪难平。

中午，我和炒精肉洗完饭盒走上二楼，出乎我的意料，今天姜卫竟没回去。她们都去他那里要看东西，不知怎么我退出来独自走回教室。整理完书包，调整好心情，我走进他的办公室，刚一进去，她们喊："二毛，你的书。"我一看，是本装帧精美的《世界情诗选》。我莫名地看姜卫，他对我说："这本书给你看看。"我无语地接过来，心中是茫然的喜悦。事后他告诉我当时他以为我不会去他那里了，所以叫她们带给我。一会儿，他和丁海燕下五子棋，我坐在椅子上看他们。其余的人都簇拥在两边站着。这时候我们离得很近很近，很喜欢当时只可意会不可言传的微妙感觉。

姜卫，感谢你给我那么多，你可明白我现在正在想念着你呢。《世界情诗选》我抄了许多下来，太美了，句子和配的图片都好。我久久流连在里面。

五月十五日　　　　周日

今天午后，我去了慧家。见到她真是令我高兴，可有时她过分的热情也使我拘束。我们独自在小房间畅谈，我告诉她我的故事，她惊奇但又祝福。我带去一包草莓。她给我看她收藏的宝贝和小玩意儿，都很美。我们骑车去红梅公园欢度我们的相知一周年。

在成熟饱满有欧洲风情的她身边，总使我有黯然失色的感觉，别人的目光、别人的言语对我似乎是个负担。在绿叶掩映的山石上，各自倾吐心中的秘密，小山上是那么静谧，沿小径走到河畔，一边把手中刚采的小白花撒进河水让它随流而去，口中还吟上两句诗。

后来，我们走过一片草坪，欣喜若狂，因为发现了一束蒲公英，两个人旁若无人地吹着笑着，对着它许下心愿，让风带着朵朵小伞走，头发、面庞、眼睛上都给点缀了，我们快乐得像孩子。

五月十六日　　　　周一

今天十分地沉郁、寡欢。感情的历程总是充满曲折和苦难。

从二楼走过，项文祝和屠成老师正在谈天。项说二毛真是一身的黄（我穿的是一套黄色的运动装），屠成说，浪漫啊。我微笑低头走回教室，真想叹口气，浪漫？若是果真如此，我也不会这样压抑发愁了。

屠成，像一位快乐的王子，和他完全不同。可是他，令我如此牵挂，如此无奈。

五月十七日　　　　周二

今天还算可以，后座的男生剪了纸折成的孔纹帘子，被我挂在窗子上，是一帘幽梦吗？中午，他值日没回去，一直在我们教室，把我的诗集还给了我。我避开别人的目光，急急回到座位上来打开。他写满了四张纸，另外有两首诗，使我了解他的内心深处，但愿我真的是他眼中“最洁净的灵光”和“灵魂的渴望”。对了，姜卫还说我是敏感、单纯、天真又兼有初步复杂的人，他说：“而我分明看到，在你的诗中流露出执着的希冀，对生活真诚的热爱和愉悦的内心活动，正是这样，你才充分抒发你的幻想、你的失落、你的欲被世人理解的急切之心。”

也许，我接近他，是为寻求成人世界对我的一份认识和理解？也许在家中，我是太寂寞、太缺乏可以诉说的对象了。

五月十八日　　　　周三

中午饭后休息时，在办公室里听屠成弹电吉他。很久很久，我的心流浪在每一个音符之间，低着头，思绪被牵引至无穷远的地方。弹之前他第二次问我要照片，看见他的目光含笑注视着我，便很茫然。一开始在音乐流动之中，我还等待着姜卫的到来，盼望出现他的声音，慢慢地，音乐使我忘记了一切。当同去的冬梅摇摇我时，我恍然抬起头，才发现他已来到，正看着我。我竟然傻傻地没有一点表情，依然茫然地梦游似的跟随冬梅走了出去。我不知道我这人是怎么了，自己也不了解自己，老是要发神经似的不可理喻。见到他时舍不得笑一笑，不见他时又百般挂牵。

想买一件看中的衣服，可是很贵，什么都需要钱，为什么我不是有钱人家的孩子？明天，但愿能抛掉纠缠我的落寞和愁闷。

五月十九日　　　　周四

现在我感觉到他比我陷得更深。我已平静，只因我一向是个很不稳定，喜爱漂泊的女孩。我不希望伤害他，他是脆弱的。

今天下午去外面一个厂参观，我是快乐的，他们说我是娇娇小姐。参观完后，和顾、冬梅一起到张丹家玩。她家地板上刚打了蜡，很光滑。听听音乐，看看杂志，评论评论照片，时光就流逝过去了。

五月二十日　　　　周五

马马虎虎，日子过得就是这样。

脸上又有了几个红色小痘，像是蚊子叮的，也可能是青春美丽疙瘩痘。只求它快快消退，不敢碰它。

中午总希望睡上一觉。上课不太认真。学校里笑料很多，回到家也没心思务正业。我怎么办呢？

五月二十一日　　　　周六

中午陪晓云逛港摊，花花绿绿的衣衫看得我眼花缭乱。一套很有学生味的素净衣裙映入眼帘，要有些钱能够把它买到该有多幸福。

下午两节自修课改为听司法局一干部做报告。这个中年人很有水平，讲了很多社会不正之风和许多案例，可我听着听着，竟沉迷于自己的幻想世界中去，想象和他在一起的浪漫场面了。

幻想中美好的场景常常会出现在我的眼前，温暖我在平淡的生活中日渐枯萎的心。人能尽情地幻想，并且不被别人知道，是多大的幸福啊。

五月二十二日　　　　周日

好多天了，没能提笔写下一点关于他的什么。心中的东西很多，可感觉无从下手。好几天没看见他，似乎彼此都在躲避，躲避什么呢？

上天的安排真是巧妙，让你错过很多的良机，让你把握不住好多时光或者……从而变成另一种完全不同的人生。一切都是你自己走出来的，还能说些什么呢？

不见他的时候，我可以找好多的借口，说自己完全可以淡忘，可只要与他目光相遇，只要看见他，一切理由就会全都崩溃。他是十六年来第一个以其内在底蕴打动我心的男人。我喜欢他笔下的文字，喜欢他低头抿嘴含羞而笑的样子（在我面前，他真的有时会害羞），喜欢他的广博、他的见识和涵养。

在我们的血管中流淌着同一类型的血液，我知道他脆弱、他敏感、他孤独，有时也懦弱自卑。他想的很多，可变成行动的不多，他和我都有着丰富的情感，但又会用理智来约束，很多时候，宁愿深藏不露。纵使心灵在受着煎熬，自己也只有无言地承受，默默地憔悴。很多时候内心渴求宁静，喜欢一人独处，可有时情绪又变化很快，承受不了孤单，甚至没有生活下去的信心。

我始终不愿去想属于他的另一个女人，他结婚刚一年的妻子。

明天我们会怎样呢？正像他说的那样：不是每个故事，

只有圆满了才算成功。

五月二十三日　　　　周一

今天上午他的课结束时，姜卫走到我课桌前，问我是否有空。我说有，他递给我一沓稿纸，要我帮他誊抄一篇小说——《夏天的旅行》。一直到刚才，我全部看完。他写得十分生动感人，人物性格也很有特点。那十几个性格各异的男女青年从家乡出发前往一连串的地方，十几天探索人生与自我的旅行，许多有趣的事，真实可信的经历，里面有河，有海，有野外的篝火，有情爱的伊甸园，也有许多艰苦和磨难。男女之间心理活动刻画得很生动，感情的爆发也十分细致，风格有张贤亮的味儿。我认为他的作品不比别的作家已经发表的作品逊色。也希望这倾注着我的笔画的作品能早日发表。他还要我给他改错别字。

他的信任让我快慰。

五月二十四日　　　　周二

这两天的事很多，心里只感到既空虚又烦乱，一种说不出的情绪。考了政治和工艺，在班里偷看的人似乎是正大光明。今天上午，在走廊上遇到姜卫，可……我一向就是个爱做梦的孩子，即使白天，思绪也会梦游似的飘得很远很远。

这时候，脚下仍在走路，目光也会看着人，可头脑里完全不在一处想，脸上也是毫无表情的了。这时候，他低头对我说话，可我仍旧恍恍惚惚，虽然看着他可又不理不睬地继续上楼了，他从我身边走了……等我事后回想起来，这不是给了他一个难堪吗？对别人，不想解释，可对他，我该怎么说。敏感的他似乎也用冷漠和傲然来回报我了。如果这是一个过错，那也是多么无意识啊。我还能够补救吗？他难道就这样不再理我了吗？

昨天下午，我穿着淡绿的套裙，和张新宇、萝卜头打牌，很开心，他们两人待我都很好。总是一踏进教室，正好遇见余奕的注视，他依然让我动心，他比我高。

五月二十五日　　　　周三

我不喜欢阳光那样强烈地照射，使我大汗淋漓，也不喜欢太明亮、光线太充足的地方，我喜欢朦胧、淡雅、幽静。

这一天我似乎特别倒霉。上午体育课，老头子不知怎么又让我们学起双杠的花样，又不是培养体操运动员。我手上本来就没什么力气，当第三次拼了小命撑上去，双腿便开始晃起来，手突然发软，不明所以地整个人就摔了下去，还好，脸上没擦伤，手上只破了点皮，下颌有点疼。

中午要回家吃饭，骑自行车到学校门口，车胎突然没气，推到前边车行打足了气，刚骑到化龙巷，自行车又没气了，还抖得厉害，只好再推着走。天气又热，我也又累又乏，一直推到水门桥车行，换了一个鸡皮管打足了气，又骑上去，到家门口气却再次断了——可能是要补胎，只好下午再去。

可没想到倒霉运还没完，回到家我因为累，先迷迷糊糊躺了一会儿，再起来准备下碗面条吃，于是开了煤气。水一会儿就开了，我半眯着眼把开水倒进下面条的锅子里，不知道是锅坏了还是没抓牢的缘故，锅子竟奋不顾身跳下来，里面的一半开水全倒在我的双脚上。一开始感觉很麻，并不觉得疼，吓得要晕过去了。家里又只有我一个人，再重新加冷水，放在炉子上烧。这时我的脚火辣辣地疼起来，像要烧起来似的，赶忙用冷毛巾捂，总算好些，一停止又钻心地疼。家里找不着治烫伤的药，我只好乱七八糟地用冷水冲、涂风油精、抹牙膏、包上纱布，一拐一拐地还要继续给自己下面条，泪水夺眶而出：老天爷，你给我的一切苦难我都不埋怨，只是不要再继续这样折磨我吧。

五月二十六日　　　　周四

他的课，在我盼望的时刻他没有来，他生病了。我的脚也没大好，可是同病相怜？天气一热，人也懒了很多，即使脑子里有写诗的冲动，也不能好好付诸笔端。

中午和屠成、体育老师、炒精肉在办公室门口谈了会儿，他们总说我太弱，要锻炼。看完茨威格小说集的第二篇《一个陌生女人的来信》，很早就听姜卫说好。真是一篇热烈狂放的爱的宣言，一位女子在她仅有的一个心爱的儿子死之后，点起第五根蜡烛，给孩子的父亲——从不认识我而我不停地在爱着的人——写一封信，诉说一个女人一生的故事。她从十三岁起就爱上了作家，可一直到临死，他都不知道她的一切，在漫长的时光中，几次在一起，她充当着一个邻居小女孩、委身于他的十八岁少女、舞厅中带回来的女人……种种不同的角色。她倾注一番从不要求回报、无限奉献的真情。可悲的是她死后他才知道这一切。她独自抚养着他们的儿子，把他看作他的再生。而最后，孩子也因意外离开了她，这个女人又成了孤零零的一个人，比以往更孤独，从他那里，她什么也没有得到，没有一个孩子，没有一句话，没有一行字，甚至连记忆中的一点位置也没有……

一个比任何人都爱你的人，一个你从不认识的人，一个等候你的呼唤而你从不呼唤的人，这是怎样一种悲怆的感情？

五月二十七日　　　　周五

今天早晨，出操的时候，我偶然抬起头，看见四楼办公室有一个穿淡蓝色衣服的身影，正在注视着我的方向，是他。我的思维忙乱起来，假装若无其事地和别人说话、做操，第二次抬头，他走了。这一天再也不见。

还有一星期就是这一学年的最后一次考试，上天，不要让我分心，助一臂之力吧。

五月二十八日　　　　周六

今天在传达室拿到一封信，是琦来的。她竟然问我为什么一直不回信，天知道我还想这样问问她。看来，我的信又给人拆后扣压了，起初我还以为是姜卫，心情复杂地很恨他，平静下来想想大概率是班主任。被人拿掉的信总是很关键的，这下，我在她面前“体无完肤”，她该得意了吧。可恨可恨可恨！琦比我早两月生日，过几天她办生日便餐，要我去帮忙，不巧，我正好还有两门试要考。不过我会去的，给她的生日礼物是一个小皮包，里面我要放满鲜花，写上一张纸条：“琦琦，这鲜花也许会枯萎，可我对你的情谊永远不变；这芳香也许会消逝，可我对你的感情会比它长久。请想一想，并且永远记住我。”

一定很浪漫。我自己的生日不知怎么过才好。事先想得再好，到七月份人热得只有喘气的份儿，什么都提不起劲头来干的。

五月二十九日　　　　周日

今天休息，过得不错。中午忙一个鸡蛋番茄土豆片的菜，切来切去就花了一个多小时。一个人吃自己的劳动成果真是好香好香的。穿着黄色上装，黄色健美裤，扎着略歪的马尾辫的样子看上去十分轻松自在。

下午三点，我和晓云去大光明电影院看《危险的蜜月旅行》，这大概是学校组织看的最后一场电影了吧。上一次班里看《黑狼的嚎叫》时，余奕坐在我前面，今天看电影他又正好坐在我后面，能够看到他，很近地听到他讲话，我心里是快乐的。很可笑，也许我是个太会动心的女孩。其实从内心来讲我所渴求的感情是最强烈、专一、完整的，我不喜欢支离破碎或者残缺不全。我要的是付出多少而得到同等甚至更多的感情，我不会放弃寻觅。

常常想起那次在奶奶家看见的小猫咪，它浑身白色，在背上有一块黑点，尾巴上有三种颜色，十分美丽。那时我和表妹坐在沙发上，我在腿上放一块毯子，表妹把小猫咪放在上面，我又给它盖好，只露出一个头。它一动也不动，乖乖地用眼睛温柔地看着我，继而又闭上眼想趁着舒服睡上一觉。我看着它，感觉到动物与人之间，那份感觉是多么奇妙，简直妙不可言，我简直认为它就是一个孩子，一个幼小的生命，它身体的温热与柔软也使我很舒服。

弟弟给我采来的花，有的已经凋谢，唯有几枝栀子花的花蕾，从开始的绿色转为泛出白色，它马上就要盛开，我满心期待来自它的芳香。

这一年的体育课终于结束了。双杠和八百米跑我也补测及格，全部通过了，万岁万万岁！！！

五月三十日　　　　周一

白天我在闹哄哄的教室里看着根本背不进的书，中午无聊地欣赏男女生混合双打。放学后对着镜子看讨厌的生着疙瘩越来越丑陋的脸，被各种各样的情绪折磨，不知怎么搞得还恹恹欲睡。真受不了，昨天歇了一天反倒歇坏了。

回家小睡之后，去擦自行车，该死的贫血使我一会儿就头昏脑涨的，十分难受。后来父亲买了两个西瓜回家，我倒来了精神，吃完今年夏天第一个西瓜之后，我陪母亲去菜市场买菜，头脑随之清楚多了。晚上我真要复习了，政治和外语的六十道题目首先要背完。关键的一个月开始了，我要做到埋头苦读。

精神一紧张，晚上睡着一会儿又惊醒过来。

真的是午夜梦回，我起床坐在窗口，不开灯，窗外是街灯的微光。我坐在黑暗里，有风轻轻吹来，头顶的月亮特别白，特别清爽。好喜欢这初夏的夜，宁静的心境，无尽的回忆与遐想，感受着这一刻生命的美丽。

五月三十一日　　　　周二

又是一场倾盆大雨，乌云密布。我关上窗，一边吃着潮州话梅，一边看教室外面倾泻而下的雨。轰鸣的雷声，雨过之后，风凉爽地吹。

教室和食堂隔得很近，平时上课特别是临近中午放学，那一阵阵的香味总是害得我们越发饥饿，嗅嗅味道还要暗自说是鲍鱼或洋葱肉片，这时候的感觉总是分外敏锐。还记得以前在冬天，我们正在冷得要命的教室里上课，可窗外的居民区哪户人家却开着录音机大唱凤飞飞的《凉啊凉》，让人又好气又好笑。临到考试，那帮坏家伙们不知是有意还是无意，竟悠哉游哉地听京剧慢板，思绪全给拖得负累不堪，这一点一滴偶尔回忆起来却又变成无限美好的往事了。

我不禁唱起现在很流行的台湾校园歌曲，杨庆煌的《菁菁校园》：“唰啦啦啦啦唰啦啦啦啦，成长的岁月最是令人难忘，唰啦啦啦啦唰啦啦啦啦，总是那么令人惆怅……”

唉，的确是这样的。

六月一日　　　　周三

看台湾作家三毛的《万水千山走遍》。人为什么要一次次地出门远行？也许为了整理行装时心里的兴奋。为了想要呼吸一口异地的新鲜空气。为了与家人分别时假装的不舍、依恋，为了再次回来时加倍给予的亲情。为了沿途看到的陌生的脸，以及他们嘴里吐出的听不懂的语言，为了相视时不经意的一笑，为了这样陌生而又能够相通的相逢，去流浪。

在流浪中忘却，日日身处其间的现实，有时只有远行，让你抽身而出，让他们看着自己离去的背影，无可奈何。这时候，远行的人骄傲地明白：我是我的，谁也不能把我左右。

有人说，带着钱在外面，那不叫流浪，一无所有的才是。我至今仍觉得，钱不是衡量流浪的标准，心里面到底有什么，那才是重要的。

有些人带着照相机东拍西拍，心里却想着回去后在城市中将要办的展览；有些人带着手机出门，不时对着手机“哇啦哇啦”，像有无数的指令等待他下，他们都不可能有一颗真正适合流浪的心。

流浪一开始也许出于无意识，以后却会变成离不开的习惯，远行的人，渐行渐远，渐远渐行，家逐渐疏远成旅馆客房。家，变成无所不在，处处是家。远行者心中的天地渐渐容得下一切的是非恩怨，不再有什么难以割舍，不再有什么需要计较。真正远行者的表情，只会越来越从容淡泊，他们的皮肤带着阳光和露水的痕迹。

只有远行者才懂得远行者的快乐，只有远行者才知道远行者偶尔的忧伤。他们注定不再会安于小小的温室，不再会满足于日常的按部就班。有人会嘲笑，说自己足不出远门，就照样可以通晓那些未去之地的一切消息，他们说远行根本不必，躺在沙发上就可以想入非非，不必亲历就仿佛知晓一切。但他们忘了，躺在沙发上他们手中拿着的是远行者万里迢迢拍摄的图片，看电视看的正是远游者拍回的录像，书上也随处是经过远游的人写出的精妙文字，他们享用着别人远游的成果，反过来说人其实不必飞来飞去。

你可以通过图片认识一个城市、一片街区，记住一些和你生活的城市不同的风景和人的脸，但你不可能知道那些地方特有的气味，这就是亲历现场和画饼充饥的最大区别。

每一个地方，都有一个地方特有的味道，味道通过人的呼吸、服饰、语言、表情，道路的外观，当地人家里的摆设、端上桌的饭菜，孩子的眼睛……向你投射。你走过越多的地方，对气味的感觉便会越灵敏，你会对它们难以忘怀，你会越来越不能容忍单调，所以，每一次归来便暗示着不久之后的再一次出发。

你逐渐变成了一个热爱漂泊在外的人，不管你愿不愿意，不管人说这好不好，也许，流浪只是一种生活方式，你习惯了它，就再也离不开它。

六月二日　　　　周四

大桥下面有一对男女约会，男的舌头被女人咬掉了，吐在了地上，后来捡起来到医院也没法缝上了。

这段时候感觉天阴阴的，路上的人行色匆忙。

最近洗澡不再去毛纺厂，就站在卫生间里，简易的蹲坑旁边，面前放一铅桶的温水，用毛巾蘸着往身上洗。

家里的卫生间的门上插销老是坏，就是插不上，父亲在厕所里的时候还好办，因为我只要闻见他的香烟的味道就会走开，他总是一边上厕所一边抽一根烟解闷。但是，母亲上班去了，我特别害怕父亲在我洗澡时突然拉开门，因为他一人躲在里面的房间，不是在用笛子吹《绿岛小夜曲》，就是很投入地唱："在那遥远的地方，有位好姑娘……"

那个据说是父亲的男人在忙着他的一切，根本意识不到外面的房间还有一个我，我在干什么更是和他无关。我害怕的就是当我在卫生间做着什么的时候，他猛地把门一拉，使我暴露无遗。有时我听见他的脚步声，猛地咳嗽两声，他会停住脚步先回到自己的房间，但我还是会有来不及咳嗽的时候。然后，他的脚步声突然在门外响起，在洗澡的我只来得及把背对准门口，父亲把厕所的门拉开，然后惊愕地愣了一愣，嘴里发出一声“哦”，就重又关上门走了。留下我一人又气又难堪地站在潮湿的卫生间的水汽之中，被一个我应该叫父亲的人看见了裸背，当然最严重的是看到了我的屁股！

我感到烦躁，但是无处可说，我们俩都当作什么事情也没有发生。这真是对我这样一个从来不叫一声父亲的女孩的报应。

六月三日　　　　周五

我喜爱一位叫山口百惠的日本女演员。

她早早息影，为了爱情离开银幕，在我那时看来很伟大，而现在我觉得她的想法很落伍，我甚至觉得她会后悔，在一辈子也赶超不了自己、显得低声下气的三浦友和面前，她会感到没劲的。她曾经有过的辉煌永远压得那个男人透不过气，他们也许不会拥有如鱼得水平等的长久幸福。

要是我是那个男人，不会让一个女人为我做出那么大的放弃。也许是我错了，谁知道呢，生命总是你只可以选择一种方式。

不知从哪里我弄到一本她写的书《苍茫的时刻》，我第一次看一个明星写书，黑白的照片，每一幅都是经典，那些文字如同她的书名，不食人间烟火的仙女气味。

现在仙女自动要落入凡间。

在《横须贺的故事》一章，我看到她写义父。同样的是在洗澡的时候，木头的洗澡间的门被推开，然后是仓促的脚步声突然远去。

我能体会那个女人心中的紧张。

六月四号　　　　周六

现在我在太阳下走路，走着走着，还是会突然双腿发软，眼前发黑，然后失去知觉，一头往地上倒下去。有次正好走到一个挖好准备栽树的大土坑，我一下摔进了土坑里，那里可舒服了，阴凉，泥土有种大地的芬芳，我睡了一觉，没人打扰，醒来再爬出土坑继续走回家的路。

六月五号　　　　周日

班里总是有一些女生对着我窃窃私语，另一些男同学则看看我又交头接耳，他们为什么那么神秘呢?

感到被孤立，总是独来独往。

学校的诗歌朗诵会，我在台上朗读：“黄梅雨季里有个女孩想回到她的北方去 / 北方北方，一个南方的男孩永远地失望了。”

看很多很多书，听很多很多音乐，看很多演出。

我在长大。

还记得十二三岁，长得像一根豆芽菜，开始没有止境的白日梦，走路的时候，睡觉的时候，看书的时候，听人说话的时候。

有一天就这样走着路想着心事，路过朝阳大桥，在桥下，被正好往桥下冲的一辆板车撞倒，从两个车轮下穿过。那是一辆运煤的板车，它的刹车全靠拉车的乡下人脚力控制，他吓得面色煞白，而我从四个轮子中间爬出，安然无恙。

许许多多的大难不死的记忆，才构成了我的小城生活。

小城记忆。

有些人有些事，不想再想起。

后来长大了，有一年到贵州去看黄果树瀑布，被路上办丧事的人家家门口摆出来祭祀的大白猪吓坏了。整只的猪被横搁在一块门板上，白白的似乎活生生的大脑袋上还戴着一朵白纸花。

隐隐感到一种人猪共有的命运，感到很伤心，脑子里一直有那头猪看着自己的哀伤表情。似乎生来就是同类。

六月六日　　　　周一

昨天买了一张碟，里面放出来却是另外一部电影《露西亚的情人》。

主人公露西亚是一个作家的忠实读者，她喜欢他的小说。她知道他住在哪里，跟踪他，后来在作家常去的酒吧里对他吐露衷肠，并且赢得了作家的感情，他们同居了。

作家正在赶写一部小说，小说中的故事和他自己生活中正在发生的事情交织在了一起：四年前他在自己的生日之夜，一个月圆时分在海边度假时与一个陌生女人有过一夜情，那个女人因此怀孕，并且来到他所在的城市马德里，生下了他们的女儿。

给她接生的恰是作家的书商的妹妹，书商在催促作家写作时，把这个秘密告诉了他，于是作家经常到一个广场上看望蒙在鼓里不知道自己父亲是谁的四岁小姑娘——他自己的女儿。

同时看管她女儿的女郎又喜欢上了作家，她不知道作家只是为了接近小姑娘而接近自己，为了得到作家，她没有心思看好女孩。夜里梦游的女孩被凶狠的黑狗咬死了——露西亚每天晚上趁作家停止写作沉沉睡去的时候偷偷打开电脑，看作家的小说，她看出了他的挣扎，他的失去自我，迷失了方向，几乎崩溃。并且感觉到作家对自己的感情出现了变化。

她独自去作家以前去过的岛，那发生很多故事的海边，失去女孩的母亲，那位一夜情女人已经在岛上开了一家旅馆，她是一个好厨师。两个女人相识了，车祸中好转的作家也在书商的陪同下再次来到岛上，来到海边。

这个电影我非常喜欢。我喜欢所有以作家为主人公的故事。作家是一个危险的职业，他们的头脑中总有很多人存在，他们很容易分裂。和作家在一起的人一定要心胸开阔，不然，无法容忍。

作家的爱情，他们适合恋爱，未必适合家庭。与自己生活中的人相比，有时候他们更喜欢和自己笔下的人物相伴。有时候他们分不清什么是自己的生活，什么才是艺术。人戏不分，不仅仅发生在演员的生活里，走火入魔，对于作家也是常事，只要是那种投入自己全部身心去创作的艺术家，这一切都会发生，一点都不奇怪。

忘我，迷失，放纵想象，失魂落魄，喜怒无常，这是多么危险，又是多么刺激的事情。

# 9

## 所谓

## 70 年代

生于 20 世纪 70 年代的我们，是最后一拨这样的人：

是最后一拨对这样一句话耳熟能详的人——“为革命——保护视力，眼保健操——开始……”

是最后一拨男女生明明互有好感，却故作嫌恶状，在课桌上刻“三八线”的人。

是最后一拨在小时候写作文时，言必称——“自十一届三中全会以来……”或“改革的春风……”之类的人。

是最后开会时哼唱“没有花香，没有树高”的人。

是最后一拨这样的女孩子——春风越吹越暖，明明早就心痒难搔，却硬着头皮按兵不动，互相观望，最后都快放暑假了，实在熬不住了，才约好第二天同时穿裙子，谁说话不算数谁是小狗。

七八十年代，我们用玻璃珠串项链，用挂历做钱包、做门帘，在家里跟大人养繁殖的红茶菌，据说吃了可以长生不老。用玻璃丝带钩织台布、杯罩，编钥匙圈上的小金鱼，用工业白纱线改织线裤，把白纱线变成许多神奇的东西。

好奇中学里脸孔漂亮、身体瘦弱的语文老师也要上厕所。偷偷地去办公室，看她是不是和未婚夫，一位教英文的嗓子粗得像公鸭一样的高个子老师在一起。那时候她对于比自己年长的女性有羡慕和向往，觉得她们拥有某种特权。很多年后听说语文老师好像并未嫁给英文老师，她好像离婚了，独自带一个孩子，但依然过得不错。

恨谁就在他的名字上打叉，把他的名字从纸上抠掉，成了一个破洞，像把他从目所能及的世界里消除掉，把他的照片放在卫生间痰盂罐下面。喜欢一个人会盯着那名字发呆，用脸贴上去亲一亲也好。

是最后一拨在接受计算机启蒙教育时，还见识过 BASIC 语言的人。

是最后一拨有过小时候要到别人家看电视，死活赖着不肯回家，被爸妈打的经验的人。

是最后一拨过六一儿童节还必须找齐了白衬衫、蓝长裤的人。

是最后一拨和泥巴、过家家、弹弹子、拍画片，背着军用水壶，揣着茶叶蛋春游的人。

是最后一拨在小学劳动课上还去打扫厕所、捉苍蝇老鼠的人。

是最后一拨对“五讲四美三热爱”倒背如流，但始终也没搞清楚什么时候才能练成“四有新人”的人。

是最后一拨告诉自己，要有理想有信念，要好好学习天天向上，走在路上看见方格子地砖想着跳房子，跳橡皮筋的时候唱“我爱北京天安门”，每个月存五元钱指望小学毕业去看天安门的人。

是最后一拨看过黑白小人书《岳飞》《丁丁历险记》《烈火金刚》《七剑下天山》的人。

是最后一拨享受过最纯最动人的日本动画片，到八十岁仍能张口就来一段《铁臂阿童木》主题歌，到九十岁仍记得《森林大帝》里的小狮子 Leo,《花仙子》里的李嘉文、咪咪、来福、娜娜小姐，蓝精灵和格格巫，龙子太郎，一休和小叶子、新佑卫门，自认为曾看到过最好的动画片的人。

也是最后一拨享受过品质最佳的国产动画片的人——《九色鹿》看一回感动一回,《天书奇谭》让他们第一次明白了狐狸精是什么,《大闹天宫》让他们初具审美情趣,《没头脑和不高兴》寓教于乐,《大林和小林》够曲折,《哪吒闹海》豪气冲天。

是最后一拨在看了《排球女将》后，逢中日排球赛就紧张万分，生怕日本队真练成了晴空霹雳、流星赶月，抢走中国女排的五连冠的人。

是最后一拨看全了山口百惠的《血疑》系列，天天查看自己手臂上有无红点，担心自己也得白血病的人。

是最后一拨有幸目睹过香港无线电视台的诸多武侠剧的人——当时是小学生的年纪吧，再小一点的就看不懂了。看《射雕英雄传》里的翁美玲让我们把早逝的她奉若神明，《绝代双骄》又让我们成了梁朝伟的终生影迷。那个时期的金庸剧和古龙剧前无古人，后无来者。

是最后一拨在中学毕业时都要含着眼泪唱小虎队的《骊歌》中的“南风又轻轻地吹送，相聚的光阴匆匆……”和《再见》中的“请相信我们明天一定会再见，就像白云离不开蓝天……”的人。

只要你生于70年代，且头脑健全、发育完全、在社会主义的温暖阳光下茁壮成长过，相信你一定能对以上的文字产生共鸣。

那时候初中和高中早熟的学生借团委活动的名义，组织舞会联谊，会跳国标舞的肯定在舞场独领风骚。诗歌朗诵活动，文艺会演……这个时候崭露头角的男女同学开始眉目传情，写情书、递情诗。

那个时候，喜欢体味心跳，有信仰和坚持，不敢随便犯错误。那时候还没有一夜情，性还是一个遥远的话题。爱是神圣的，崇高并且神秘，让人向往。

二毛开始在各种市级、省级的报刊上和电台里发表小作品，稿费是一首诗五元。五元钱可以派很多用场了。

那时候没有出租车，公共汽车很少，她骑着一辆小舅舅给她买的金狮女式自行车招摇，如果晚上骑车独自在路上，会遇到几个也是骑自行车的小流氓们的夹击，他们和你套磁，穷追不舍。

后来考上技校，每天花很多时间在路上，放了学和同学去文化宫滑旱冰。

那时候开始考虑毕业后分配就业的问题，是去集体所有制的单位还是国企，要劳保还是做合同制工人。

80年代末无数企业开始改革，她踏进洪流，在90年代初告别铁饭碗，辞职做自由职业者，社会上有了无数无业游民，不光在自己的故乡，在深圳、上海、北京、广州，还有纽约、新加坡、伦敦、哈瓦那……人们开始流动，进入市场和商业化。一切正在转轨，无序又有无数的激情。

她们的80年代是属于青春期的自闭的年代，坐井观天，不问世事。

为赋新词强说愁，写的东西多愁善感。

父母亲那时很忙，他们所在的单位还没有倒闭，还没有发遣散资金让所有的员工下岗。那时候，他们正当盛年，时常吵嘴，危机意识没有现在这样强，事情全是些鸡毛蒜皮。周末时，孩子们在家里是没有地方洗澡的，姐姐带着妹妹，只能去父母亲的单位，什么电仪毛纺织厂，那里给人留下最深印象的是浴室，总是热气腾腾，所有的肉体赤裸着，带着生机，管浴室的老娘们总是最凶的，她的大嗓门好像随时都会在耳边响起来。

# 10

## 曾经的婚姻

二毛都记不清自己到底是哪天和胖胖结婚的，在很长一段时间里，老是有各地来的朋友在各种餐馆里请他们吃饭，祝他们新婚快乐。

老婆（她有一对吊梢眼，长得像猫）在家和老公胖胖说话总是没好气，她嫌胖胖体积大，在小屋子里一晃，害得她没一点自己的空间，他说话的嗓门又大，老爱打电话，逼迫旁边人也听进去。晚上还打呼噜，只要他在家，二毛觉得一天下来精神消耗得特别多，耳朵都快聋了。

胖胖回击她说哪天没有他在旁边打呼噜伴奏她会睡不着的。

胖胖在外面给家里打电话，二毛的态度就变得不错，胖胖偶尔在电话里调情，女人也娇笑几声，两人仿佛回到恋爱时的好时光。二毛有时出门，胖胖一打她的手机，她却立刻变得神经紧张，好像他在时刻跟踪，对胖胖说话的口气就十分不耐烦。

夏天，胖胖和二毛家住在城乡接合部，蚊子多多，每次他们从外面回去，在门口就像小偷那样轻声说："快点快点。"然而蚊子却还是被他们惊醒了，跟进了家。胖胖把卧室的门从早到晚一直关着，窗子上还装着窗纱，点了电灭蚊器、灭蚊灯，可睡觉时蚊子照样把他的胖手臂咬得像个赤豆粽子。

胖胖搞不懂，蚊子从何而来，难道真像报纸上说的，有一种高智商蚊子可以侧身从纱窗洞眼里挤进来吗？他说二毛身上一个包也没有，是她和蚊子串通好了来咬他的。老婆说胖胖的血臭，胖胖说他的肉香，还说蚊子喜欢追逐有性感味道的皮肤。

胖胖的头大，二毛瘦而高，腿自然显得长，胖胖说他是大头苍蝇，二毛是长腿的花脚蚊子。有损友说，胖胖再胖一点，胖成猪八戒，二毛再瘦一点，脸本来就因为贫血白得很，再瘦就瘦成了白骨精，这样就正好了。

胖胖在家成天和蚊子过不去，他先是拿块布站在小扶梯上像盖图章一样按死一个个在天花板上歇息的蚊子。后来工具多了，有了一种电蚊拍，他就乐此不疲地给蚊子上电刑，看着蚊子在电蚊拍上龇牙咧嘴地被电，胖胖心里痛快无比，好像让蚊子明白了自己的血不是好吃的。二毛受不了听到那种残酷的声音，她还是情愿用原始的手法双手合十拍蚊子，胖胖说这是因为蚊子不太咬她。

胖胖喜欢冬天，他不怕冷，但是他怕老婆冰冷的手脚，冬天二毛总是等他睡着了才上床，可她冰冷的手脚一碰到他的热身体，他就像触了电一样整个弹跳一下然后就惊醒了骂她，说她的手脚是冰箱里冰过的猪脚。

二毛喜欢夏天，她不怕热，他们家里夏天一开空调，那准是胖胖热得受不了了，但他舒服了，二毛却在一旁穿了厚衬衣，弄不好还是要感冒。

二毛总是想要是她和胖胖还没有结婚就好了，那么他就会像过去一样给她写很有意思很有味道的情书，那时候他会看着坐在他身边看书的她。即使她就在眼前他还是会含情脉脉地写上几页纸，可惜结婚结得太快，现在硬叫胖胖写他也写不出来了，他只会看着二毛画上几幅漫画。她总是觉得他画得像她又不像她，就怀疑是不是所有的男人潜意识里还藏着另外一个女人。

胖胖睡觉睡得特别好，夜夜梦话不断，二毛长吁短叹到黎明像烙饼一样翻来覆去的时候，就会常常接胖胖的梦话，妄图从他的梦话中套出一些保密的东西。有一个午夜时分，胖胖突然说："阿拉老婆很精明的。"她立刻紧张了，从床上慢慢坐起来，严阵以待胖胖的下文，没想到等了一会儿，只听到胖胖笑起来，说本来还想编点话，但见她如此认真实在编不下去了。

胖胖老是在梦中操一口京腔做报告，二毛想胖胖大概是想做官想疯了。

有一天她好不容易吃了一颗脑白金后勉强入睡，却突然被一阵狂抖惊醒，迷糊中以为是地震，正要起床跳窗，却见旁边的胖胖整个身体正抖得簌簌作响。二毛急忙摇醒他，胖胖长出一口气，发现是梦，说是梦见一只极凶的猫咬他，挣扎不脱，想说话却发不出声音，幸亏旁边还有个平时不太友好的老婆，关键时候救了他一把。

二毛复安然睡去，沾沾自喜。

胖胖有时候心情好会亲自给老婆化妆，他学过美术，所以比二毛自己化起来好看。化完了，他会自己细细端详打量，说不该把她化得那么好看，因为这样女人会骄傲，觉得不舍得把自己给胖胖了。

胖胖有时候在家里假扮服务员，切了一盆香瓜端给老婆吃，自己站在桌子边上，二毛叫他坐下来一起吃，胖胖说哪有服务员上客人的餐桌的道理?

有时候胖胖很好说话，有时候却比二毛还要挑剔。两人吵架时，胖胖最受不得她能够几天几夜甚至一个礼拜不说话的本事，胖胖总是要随时有个人陪他说话，二毛希望有一天她能在他身上装一个开关，想他说话就打开，想他闭嘴就关上。

家里的钟点工总是难讨美食家胖胖的好，他能做一手好菜，但是不愿常常下厨。只要不是自己做的，二毛总还能有一点胃口，自己不太会做，索性就好打发了，阿姨给她吃什么都可以，反正总是猫食般一口，人永远胖不起来。

有一天，她买回一张经典爱情片《生死恋》，是 1971 年拍的，电影翻录的质量不是很好，胖胖拿出自己二十几年前就看过的派头挑剔说画面颜色不对啦，音响不对啦，还说当时配音的刘广宁和乔榛声音是怎样怎样迷人。二毛还是第一次看这片子，但是很早就听说过里面有一句著名的台词，是夏子写在情书中的：一个骄傲的小姑娘变得温顺起来了。她为这个简单的爱情故事而感动，她边看边想日本人为什么总是要把好的破坏掉，从《生死恋》到《血疑》或者是现在的《失乐园》，难道这样才能体现樱花精神，才能博得眼泪吗?

胖胖还在一边嘀咕，说当年他还是凭着内部票才去看这场电影的，当时上映的日本片子还有《人证》《追捕》《砂器》这些好片子，看得人目瞪口呆，看完《生死恋》大家都苦着脸出场，像是自己的女朋友死掉了一样。

瘦瘦的二毛看完了影碟，对着喝水都会胖的胖胖说，算了，我们以后不要吵吧。再听一首歌，咱们睡觉吧。

人生中最美的珍藏
正是那些往日时光
虽然穷得只剩下快乐
身上穿着旧衣裳

海拉尔多雪的冬天
传来三套车的歌唱
伊敏河旁温柔的夏夜
手风琴声在飘荡

如今我们变了模样
为了生活天天奔忙
但是只要想起往日时光

你的眼睛就会发亮

人生中最美的珍藏
还是那些往日时光
朋友们举起了啤酒
桌上只有半根香肠

我们曾是最好的伙伴
共同分享欢乐悲伤
我们总唱“啊朋友再见”
还有《莫斯科郊外的晚上》

如今我们变了模样
为了生活天天奔忙
但是只要想起往日时光
你的眼睛就会发亮

如今我们变了模样
生命依然充满渴望
假如能够回到往日时光
哪怕只有一个晚上

假如能够回到往日时光

哪怕就是在今天晚上[1]

2001年1月从二毛到北京开始，到2019年初，她和胖胖已经分开整整十八年了。2018年12月的岁尾她到泰国芭提雅之前，在上海度过了几天很有意思的时光。主要还是和几个每次来上海都要见面的女友见面：教小学的芳芳、诗人枚、油雕院任职的雕塑家新，还有在上外做培训的英语老师飞、梁辉周杰夫妇，还有这次初次相识的在复旦工作的女权主义知识分子念，这次没来得及去拜访陈村。还去乔美仁波切的工作室看了看她的第一个师父。这个奇怪的师父很少和人谈佛法，他更像一个艺术家，自己画画，拍纪录片，开博物馆，想留下青海那边的传统和艺术瑰宝。

在枚的摄影工作室睡了两晚。

雁荡路离从前她和胖胖在长乐路重庆路口住过的老房子很近，于是连着两晚，天下着雨，她每晚带一个不同的女友穿过那一排排新式石库门里弄的房子，在黑暗中撑着伞走到胖胖的家门口，有时还差点摔下高低不平的台阶。

---

① 谭维维演唱的歌曲《往日时光》。

和十八年前一样，她隔着窗户，用南方口音的普通话叫着胖胖的名字，声音宛转悠扬。和十八年前不一样的是，再也没有一个脑袋大大、头发长长、身材胖胖的男人从房间里出来走到亮着灯的公用厨房来给她开门了。

如同对面的重庆南路也已改建成一个中心花园，原来她去看牙齿的徐汇区中心医院没有了，而那个蔡医生在她到北京不久后就离开了这个世界。

胖胖有几年还和她保持联系，其中最奇怪的是每次与他们共同认识的人永别了，他就会打电话告诉她。这习惯很像他以前一个在上海后来去香港做媒体的哥们儿，只要是世界范围内某位名人永别了，因为工作在媒体，所以他总是会第一时间在中央台新闻出来之前，提前打电话告诉胖胖，不管是凌晨几点。她被他们的讨论吵醒过好几次。非常烦那人，谁死了第二天报纸总会有新闻，何必提前知道呢。

现在她理解了，生活太平淡正常，有时候显得太漫长了，需要一些调味剂，某个大家认识的人死了，也算是调味的一种。总会在彼此心中掀起一些波澜，唤起一点记忆之光。

能有一点波澜起伏说明我们还活着，还没有死气沉沉，已经不错了。

现在她在重复一个十八年前她经常做的事情，期望他在家，又害怕他真的在家，不也是在验证自己内心的心境?

这里的房子在胖胖父亲过世以后已经被他装修成了书房，再次结婚生女的他一周大概只有一两个晚上会住这里。她用这样的游戏验证自己过往心跳如鼓的心情。十八年前，她还是一个比他小十六岁的小姑娘，他那时正值盛年，现在她都已近中年，她从别人发来的照片上看到他的头发也已花白得有点陌生了。

他们之间唯一不变的大概只留下她在窗门外呼唤他的南方口音普通话。

声音是人身上最晚背叛我们的东西。

# 11

# 苦难记

什么是忧郁？

什么是抑郁症？

忧郁人格特征是斯文内向，被动接受，做事不果断。忧郁，厌世，感觉不到快乐。自我批判意识强，总是责备、轻视自己。对任何人和事情都采取怀疑的态度，会把好言当作恶语。非常善良，严以律己，内心可能是完美主义者。常陷入沉思，有很多担忧，缺乏安全感。喜爱埋头做那些不适合自己，容易失败，得不到肯定和表扬的事情，甚至喜欢品尝失败的滋味。

对于自虐、忧郁的人来说，人生就是一种负担，仿佛他们只有感受到痛苦，才能找到继续活着的理由。他们内心堆积的愤怒经常受到罪恶感的刺激，所以就更加认定自己不好。一旦他们认为自己过得不错，就会怀疑自己的价值，内心非常矛盾。

看到因为受到伤害而害怕得瑟瑟发抖异常软弱的自己，是一件令人痛苦的事情。在别人面前哭泣的人绝对不是软弱的人，有时是真正真实、坚强、有毅力的人。

如果一个人小时候反复遭受无法承受的压力，经常挨打，或得病，被父母抛弃得不到保护，这个孩子就会确认自己无能为力，无药可救。长大后也不会积极主动解决自己面前的困难，走出困境。

“我感觉到自己的某一部分已经死亡了，”有患者说。

如果想克服这种无能为力，就应该明白，不管遭遇什么样的绝望，你仍然有控制你的想法的权利，可以改变你的感情和思维模式，你仍然是你的肉体和心灵的主人。

在这个世界上，并不是唯你独忧。每个人成长的整个过程几乎总要面对各种自己无能为力的状况。

社会生活的刺激越多，就会更加感到厌世。因为当人厌世的时候，总是一成不变地想披上华丽的外衣来面对生活，却在不知不觉间忽视了真正的自我。虽然外部的刺激很重要，但是来自内心的刺激却更加重要。因此，要时常听来自内心深处的呼声。

在开始说和抑郁症这个老朋友打交道的故事前，二毛回忆起很多往事。

想分析到底是什么触动了抑郁症老朋友隔三年岔五年地频频造访。听说满月那天她从床和墙的空隙中掉下去，被瓦做的痰盂敲破了脑袋，母亲和外婆两人受了惊吓，觉得白糖可以止血，就往她出血的额部伤口处倒白天刚买的白糖。两人在雨夜中匆匆忙忙出门，一个抱着孩子，一个撑着伞。那年最大的悬案是医生在给她的脑袋缝二十针前，曾经问母亲这样你女儿可能要破相了，母亲说不论怎样针总是要缝啊。

外婆说后来她还向父亲告状，用手不断指着头上缝针处，嘴里支支吾吾地说红红，血血。外婆肯定记错了，一个刚满月的孩子怎么会告状呢。可是那些年在她身上发生的险事倒是从此拉开了序幕。

六七岁，有一天二毛正坐在家门口洗脚，也不知怎么搞的，有两只鸡在面前斗起来，它们越斗越凶，完全不把这个孩子放在眼里，后来大概是气疯了，一只大公鸡腾地飞了起来，它尖尖的利爪在她的脸上划过，险些划过眼睛，小二毛哇哇大哭，脚还泡在脚盆里。

再后来，青春期，经常骑自行车被三五成群的小流氓围追堵截，有时不得不弃车而逃进暗弄，躲在人家门洞的阴影里大气也不敢出。有时上完夜自习步行回家，经过窄窄的暗道，一个浑身酒气的男人擦肩而过，二毛往前走，但是身后的脚步突然停住，能感觉到危险袭来，他朝二毛追来，她一路狂奔，很久，终于他又返身放弃了。

那是 20 世纪 80 年代初，社会治安很不好，经常有无名女尸在下水道或水泥桥洞里被发现。

2005 年得了抑郁症，二毛吃乱了药，从四楼高处摔下，一楼人家的塑料雨棚从底下把她兜了一下，再缓冲到最下面的水泥地面上，造成骨盆、右手肘弯和大腿骨折，医生说要是伤到脊椎，她就会瘫痪。

2008 年头重脚轻之际，又惹火烧身。这一点下面还会说起。用了一两年时间来修整和调理自己的脸和身体，再出现时大概真是脱胎换骨。二毛经常想起哪吒，她好像就是哪吒，身体支离破碎，被自己折磨得体无完肤，可是医生们宛如太乙真人，这些白胡子老爷爷挥动着仙气的白掸子，让二毛在缓缓盛开的粉红莲花中再次肌肉重组，身心合一。

2013 年 4 月 4 号清明节假期，鬼使神差，她这个当时在南京的自由职业者偏偏那天凑热闹，去了南京紫金山上的某个植物园赏花，还一人骑了本来应该两个人骑的脚踏车。

她大概忘记了那天是什么日子，公园的坡道突然在面前出现，二毛惊恐地刹车，要躲开前面的车，她只能飞快地把车头撞向另一边的大树，一阵噼里啪啦，人仰车翻。再站起来时，血从裤子里汩汩流出，一只脚已经不能走路，节日里救护车很难开进紫金山，等了好久，才被送进医院，拍片后发现是右小腿胫骨粉碎性骨折，花了三万多元往腿里打进五颗骨钉。

她的抑郁症又被吓出来了。

在家里熬过大半年到秋天 11 月才恢复过来，回到南京，从南京去了泰国清迈。这一下，药停了五年。

直到 2018 年，她在南京、上海、北京一路宣传两本新书《像候鸟一样飞》和《飞到世界的另一边》后，体力透支，不知道又遇到什么邪神，丢了元气和精神，从回到家乡烟城的 5 月开始，睡眠出现问题，老朋友又来了，不断进医院。遇到的年轻医生找不到对症的药，耽误无数时间。她自己也抗拒吃药，吃吃停停，医生说如果像她这样反复，一辈子都不能停，这话让她害怕。

如果找对药吃了有效果也就算了，问题是它们并没有让她有好的感觉，不断焦虑，来回在房间里走来走去，坐立不安，只有在大街上大家都在走的状态中她才能掩饰自己，好像还在和大家做着一样的事，没有什么不同。

她胡思乱想，与其这样到老不断受折磨，不如提前了断。一了百了。

2018年7月的一个夏天早晨，在那样无助的状态中，有一天二毛准备了几样东西，到长途汽车站坐车到无锡风景名胜鼋头渚去，她一想到自己一生可能都要处于这样的状态就觉得还是不要给任何人添麻烦的好。

是的，你可能猜到了，就和这本书一开始说的那样，她想选择一个干净的地方永远留在那里。当然脑子生着病一片混沌的她不知道今世的事必须今世了，逃避到来世只会更糟。

还好，到了鼋头渚，她发现各处都有人，最后来到一个无人的游船码头，不会游泳的她慢慢像电影《时时刻刻》里妮可·基德曼扮演的作家伍尔夫那样走进了水深两米处。开始的时候已经写过，她想逃避痛苦走进了水里，可是湖水带来身体上的现实的痛苦又把她逼回地面。痛苦是清楚自己怎么回事又对现状无能为力，改变不了。

那个时刻的二毛从码头上漂浮到水的更深处，头脑中大概和伍尔夫一样清醒又模糊。鼋头渚的湖水进入她的耳朵、眼睛，一阵呛让她不由咳出声来，两只脚在水中因为踩不到地面而本能地挣扎。

阳光刺眼，水面安静，码头周边阒无人迹。如果她沉入水中了，不知道她留在岸边的红色双肩包和包上的一副墨镜什么时候才能被人看见，包里有钱包和身份证。湖水进入她的鼻腔，感觉生疼，绿色的裙子却像水下的一种海草鼓了起来，使她的身体横过来，忽上忽下泡着，无法像她想象中那样安静地沉到水深处，和水草待在一起。

这里不是康河，可是在鼋头渚的水波里做一棵水草也是好的。

眼睛和鼻腔，以及嗓子的刺痛终于还是让她无法平衡自己，开始两手乱抓，两脚本能地向岸边划行。

她个子太高了，一米七，不知道过了多久还是又踏回潮湿的水底泥地。

不知道算是又死过一回还是纯粹下水游个泳，她又满身湿漉漉地戴回自己的墨镜爬上岸了。

水从头发和紧贴身体的裙子上滴滴答答，有人骑车路过看见也不惊奇，执勤的人照样谈笑风生，他们都以为她只是偷偷游泳吧，不会想到几分钟前她正在水里惊心动魄地与死神过招。

# 12

# 药
# 不能停

又回烟城，才在 12 月 10 日再次飞到泰国，她要处理贪欲造成的后果，一个一年前和几个朋友买了以后想一起在芭提雅海边养老现在却想卖掉的房子。

想当初相见似地转天旋，当意念改变如过眼云烟。

现在看来，她大概是猫变的，因为据说猫有九条命，猫命的人才会一次次大难不死，逢凶化吉。她只祈求年轻时受过的罪这么多，不要在她现在和以后再给别的磨难了。年轻时有资本翻身，人在走向脆弱和无助的老年时，是不可能还有能力重新来过的。所以，就算几天吃半粒药片，始终让体内保持一个平衡的激素水平，只要余生不要再复发，药也要坚持吃下去啊。

她渴望自己回到原来正常的有创造力的状态，吃过试过很多，不管是水果酵素，还是中药西药，“安适”那样的药可能会让人上瘾，不能总是吃。最后还是和她有过相同病情的天蝎座美女可儿开车到南京把她接到以前给她治好的老医生范先生面前，氯硝西泮片每天吃三次，一次四分之一，草酸艾司西酞普兰片每天半片到一片，一周后就让她恢复了镇静和清醒。不再焦虑后可以不吃氯硝西泮片，半片草酸西酞普兰她可以坚持吃下去，就算要吃一辈子也不怕了，她不希望再体验六神无主失魂落魄的痛苦，外人看不出来，只有体验过的人才会懂得内心的绝望和失去自我意味着什么。

其实现在的抗抑郁药物对人体并没有多少伤害。以前屡次复发和她感觉好了就停药也有关系。当然她遇到过靠经常徒步登山或别的方式运动让自己健康起来告别任何药物的人。还有一位开婚纱影楼名叫宝宝的女孩经常参加幸福训练营和什么冥想锻炼，每天在朋友圈发一篇她坚持吃抗抑郁药打卡学习的日记。二毛很佩服她，她一个文字工作者生病后很长一段时间都不愿意碰书和写字，宝宝却做到了一边求医问药一边写打卡日记。

抑郁者的心态经过调整也可以如此积极，并不是让人只看到丧丧的，张国荣得病了还不断给穷困地区捐款，他们不是只想到自己，只不过因体质太敏感，对自我期望也太高，受不了突然打击，不能接受这个世界很多人看来已经正常的东西。

### 第 101 篇　Being Alright，内化美好感受[①]

当你体验“现在基本上一切都好”时，你觉察到了什么样的感受呢？

你能回忆起在大自然中的快乐时光，并为自己创造积极体验吗？

这不是一个完美的瞬间。工作了一天，又去奔波一件最近比较重大的事情。身体很累，眼睛很酸，大脑也很呆滞，我的右肩还是觉得很紧，但尚能保持自在呼吸。只要还在呼吸，我身上对的就比不对的要多。OK，也完成了学习，有成就感的一天，基本上还算不错。这样想了以后，觉得轻松了很多，可以更专注于现在，也生出了一些力量，是一种良性循环。大脑接收的信息并非来自外界，主要还是来自身体，未来可能不会一帆风顺，心脏还在跳，器官在运行，一切都还不错。

这不是一种自欺欺人，确实是真正在帮助自己维持

---

① 节选自宝宝的打卡日记。

对现实的基本感觉，being alright，内化美好感受。

当我回忆起自己在海底潜水的感觉时，我猛然发现自己为什么从内心很热爱潜水，因为潜水时，最重要的就是呼吸，是呼吸在帮助你的身体在海底实现正浮力。当你专注呼吸时，脑子中其他所有杂念都可以没有了，视觉和触觉的感受更加美妙，真实而又接近。那真的是一段快乐而又专注的时光，可以失去重力，和海洋生物一起自由自在地游，哎呀，想起来就很治愈啊。

如果抑郁症已经纠缠上了你，不吃药的危害必定要大于吃药。找对适合的医生和药更重要。第一次出现症状的时候其实很容易治，有人靠冥想就缓过来了。像二毛这样几次复发太资深的，药，念经，度假晒太阳，转变生活和工作的环境可能更重要。

# 13

## 漫长的告别

外婆现在不能给她回忆小时候她不知道的往事了，外婆、外公、二舅和母亲现在都团聚在一个叫凤凰山的华侨公墓里，而把他们这些仍然活着的亲人留在人间。

最孝顺的小舅在外婆肚子里就得了心脏瓣膜缺失的病，大概是外公发脾气让外婆受了惊吓的缘故。

最有出息的也是这个心脏不好的舅舅，为了给外婆最后几年享点福，舅舅买了别墅，给外婆找到一个很贴心的保姆。二毛去了，三人会去小区的健身广场，外婆坐在那里踏脚，她也在那边玩，两人都挺开心。有时外婆脑子也不是很清楚，说要给二毛做雪菜黄鱼吃。

保姆回自己老家的日子，二毛就睡在外婆房间的保姆床上，帮外婆洗澡、倒尿，外婆就算有时神志不清，却还是不愿给她添麻烦。在另一个阿姨家住的时候，据说她拉大便都要女儿收拾了。

二毛到临终关怀医院去献过爱心，那些不言不语、呆滞的老年状态让他们一整个队伍的爱心小分队都受了一点刺激，谁也不希望自己老了会被送到这样的地方来。其中有一个时装设计师樊其辉，她在几年后发生破相事件，来往于江南和北京之间做修复的时候，甚至因抑郁而放弃了自己的生命。那么有才的一个设计师，现在想起来脑子里还是有他的两个样子：白天是一个外形高大俊朗的男青年，给一些一线女明星设计各种晚会演出要穿的晚礼服；还有一面就是在晚上，他会在南三里屯路上一个叫法雨的餐厅酒吧登台演出，艺名“碧浪达”，戴上长波浪假发，足蹬几寸高的细跟高跟鞋，化着烟熏浓妆，喷着香水，身上穿的自然是自己给自己做得最好看的演出服，用沧桑的女声唱老上海歌曲，顷刻白冰、周璇、潘迪华附体。唱歌的间隙，碧浪达还会自嘲胸已经耷拉，惹得台上台下哄堂大笑。樊其辉发病的时候非要把北京市里的房子卖掉，然后在远远的燕郊买了新房，所有人都劝他不要这样，他们不知道那时他是在生病，任何决定可能都是不理智的，但朋友无法阻挠，母亲又管不了他。那时候要是有人送他在医院里待一段，也许他会缓过来；如果有最好的朋友陪他去海边晒晒太阳、散散心，也会好一点。可惜他的最后一段时间是在燕郊那一套房子里度过的，房子装修好，精力耗尽，他也许发现那是个更大的错误，那个地方他也不喜欢，已经晚了。

他走了，就在刚刚完工的新房里结束了自己。二毛回想起樊其辉去了临终关怀医院出来时脸上的空茫表情。也许他不想活到老，那样难看的时候，他比一般女人都更爱美。他忍受不了自己变老变丑没有人爱他，这一点他们两人交流过彼此的看法。他属猴，和她父亲一样有点孤僻。

樊其辉和他父亲好像也有点对着干，父亲想养大孩子照顾老了的他，儿子心里有逆反，就不想让父亲称心如意。国内有很多孩子和父母关系不是在健康的状态下形成的。在还不知道孩子需要什么的时候，有些不称职的青年就已经成了父母。他们始终不知道怎样和孩子交流，孩子也不知道怎样去爱和关怀。

外婆走的那年也是冬天，怕冷的她又去了泰国。小姨在微信里告诉她，昨晚上还好好的，第二天早晨保姆给外婆喂了糯米做的菜团子，一口气憋住，八十六岁的外婆再也没有回过神来。

她不再能拉着二毛的手过马路，也不能在八十多岁的年龄参加老年大学的书法绘画班。外婆张静芳有绣花、写字的功底，在她走后，二毛还在书架上找到一本外婆的习字帖，最后一页给她写着一句话：答应我，这一生千万不能杀生啊。

外婆是一个虔诚的居士，到五十岁还是一个端庄素朴的美人。年轻时，她一边在毛巾厂上班一边一个人带大六个孩子。

在外婆离开之前，二毛更想不到的事情是 2008 年 3 月 19 日，母亲永远离开了这个世界。母亲在意外离开这个世界前，全中国下了一场特别大的雪，母亲留给她的最后一张照片就是在一个公园，背景全是白色的雪。爱美的母亲在雪地里朝她笑着，两个手指比画出胜利的“V”形。母亲走的前几天，曾经给她来过几个电话，说请外婆吃了一顿饭，点了三个菜，花了七十九元。她还夸母亲会点菜，母亲在电话里宽慰地笑。有时候二毛给母亲发短信关照她要开心，多穿衣服啊什么的，母亲不会回短信，但会按回复键回复给她一个空白。这样的空白短信回复就是属于她们的甜蜜暗号。

二毛没有参加外婆最后的告别，母亲的后事却是她一手操办的。

现在想起来她还是不能接受母亲成了冻在铁青色铝制冰棺中一条硬邦邦的大鱼。在最后化妆程序开始之前，殡仪馆的工人把母亲用小车从冰棺中推出来，放在一边解冻，身边一个人都没有。

她隔着一个长廊的距离远远地看着母亲躺在那里。那么孤独，在殡仪馆昏暗的氛围中，母亲在一张铁床上永久地睡着了。她第一次去冰棺那里寻找母亲的时候，母亲还是一个号码，存放在尸袋里，旁边的人让她辨认这是不是她的母亲，她说不是，因为母亲的头发被剃光了，他们给她提前解剖了。二毛没有见过母亲没有头发的样子，所以完全认不出来，但是再仔细看袋子里的脸，母亲可能因为疼咬紧了牙关，非常细小的表情让她认出这确实就是自己的母亲，泪水不断流出眼眶，无声无息。她去摸母亲的脸，被冻得硬邦邦的。

二毛和弟弟三毛还有母亲的干儿子三个人在殡仪馆的小灵堂里给母亲守了一个整夜，第二天一早举办完一个家人祭奠的小仪式后遗体就会直接被火化。那一个永远告别的前夜，隔着玻璃罩子，已经化好妆的母亲戴着二毛从家里找出来的她从前戴过的半卷齐耳假发头套，又重新变成他们记忆中的母亲，好像真的只是睡着了。

王朔在《和我们的女儿谈话》一书中说："到头来你会发现，人之不自由，最大的挣不脱就是人与人，亲情，友情，爱情——所有别人为你的付出。"

我们就是这样紧紧地捆在一起，生于温情，死于温情。

母亲走了，外婆离开了，而她自己在 2008 年的 8 月 28 日这个看上去很吉祥的日子里，真的被满月日那天给她额头上缝针的医生说中了。

她破相了。

三个女人，三种人生。

# 14

# 什么让她没有安全感

在破相之前，老朋友抑郁症第一次拜访是 1999 年，在上海。

那时她还在婚姻状态，第一次遭遇婚外情。

在从成都去川藏阿须草原的一次集体活动开始前，她遇到一个双鱼座画家。他处在漂浮不定中，要离开成都去北京发展。带她去他的工作室时，他脸上那不久就要告别此地的感伤触动了她婚后第一次离家在外的心。在那些充满中国人标准表情的全家福大合影画面前他们忍不住接了吻。

当她回到上海，先生胖胖经验丰富，立刻在她脸上看出端倪，他碰二毛的身体，她也本能躲避，连夜的问话之后，他把画家的画册撕得遍地都是，摔门出去。她开始陷入两边不讨好的情感煎熬，内心第一次遭遇崩溃。

老朋友抑郁症就是在她最软弱的时候开始光顾。单纯的人不应该踏入复杂的河流。一开始她不知道她怎么就变了，变得害怕说话，说每句话以后都觉得自己说错了，不断后悔，神思恍惚，不敢接远方双鱼的电话，希望长夜长到早晨不会天亮，她可以不用下床，不用面对这世界上的任何人和任何事。

后来看到“抑郁症是人类精神的最大杀手”这样的标题，每一条症状都和自己很接近，就去医院的心理专科做测试题，配药后回家去吃。那时候走在街上，小偷也会发现她的脸上写着一行字：“我不知道我要什么。”于是失魂落魄丢东西也是常事。

那段时间失去魅力，整天穿灰突突的衣服，恨不得到哪里都不要让人看见，跟个胆小的耗子似的。胖胖恨铁不成钢，又害怕被突然中了邪的老婆缠上，她刚问的问题一会儿又会来问他，脸色苍白得跟鬼一样，谁让她遇到那个吸血鬼情人呢。她的丈夫过往的情史比她多得多，但他是男人，没想到自己的女人对另外的男人动了真，变成如今这个死样，他气就不打一处来。

二毛最怕孤独的时候，她那当时名义上的老公就出去打麻将了，他有很多狐朋狗友，一边打麻将，主人家的老婆还会给他们尝尝刚做好的红烧肉。如果没有那个画家的事，他是很喜欢从东到西带着她的，把她称作他的跟屁虫、小跟班、乖女儿，而现在，把她一个人留在空荡荡的屋子里是对她过错的惩罚。他对抑郁症所知甚少，并不害怕回到家看到什么意外景象。

二毛在写作的此刻，正在泰国芭提雅的一个朋友的房间里借住。她自己买的房子还在等着客户把她的本钱给她，然后过户房子，这个事情就不再和她有关了。她借住的房子的主人难得来住，他平时情愿待在北京的乡间写摇滚歌曲，于是没有人开伙的房间自然没有油水填饱老鼠的肚子，也不知它从哪里偏偏进来了，找不到吃的，就饿得每天啃门框。进房门就要扫那些木头碎屑。

老鼠真是饿晕了，看到有人进来，有时也不顾一切出来觅食，她在家也不太开伙，老鼠自然失望，看上去就是一只小小的瘦耗子。为了不让它来翻动她的任何东西，简直每天要和它斗智斗勇。它让她不敢留任何垃圾在屋子里，大米、盐，都会被它咬破袋子尝尝味道，后来连米都只敢放冰箱里。

随着相处时间增加，他们改变了相处模式，二毛在房间里吃泰国花生、米饭、香蕉的时候，会在小老鼠藏身之处留一点给它。第二天会发现它吃光了，她把它看作和猫狗一样的宠物，在她孤独写作的时候，只有它在这里默默陪着她。

# 15

## 梦

某段时间，每天晚上都做梦，梦是不请自到的造访者。有时候梦见楼房倾斜，每个窗口都在往下淌水。有时候在翻一本似乎没有尽头的书。

1999 年 9 月 8 日下午，做梦听到雷声不断，大雨瓢泼，天气闷热，二毛在沙发上昏昏欲睡，迷迷糊糊，住在一个并非是自己的家中，低层，有院子，半圆形圈着屋子，但通往院子的门久久不开，院子被遗忘了。

梦是从打开院门开始的，有几个人蹲在院子里吃饭，有人在拌水泥，惊诧莫名。似乎还有好几家掩在树丛中，从窗口看进去，有桌有椅，却无人。工人要进来接用自来水，被二毛拒绝。少顷，出门闲逛，发觉许多低层房子均无人居住，灰尘很厚，窗户半闭，这个城市有很多主人弃下的旧屋……醒来，雨已停，闷热更甚。

梦中的街道永远是寂寥的，荒凉的，如同单色布景，童年的自己和那时候的母亲。

不断重复的一种心情是：又要考试了，紧张莫名。

不断重复的一个梦是：向城的南面走，走很长时间，会遇到一排排外观一模一样的房子，保存得完整，像无人居住的模型。

有一个梦只做过一次：沿长乐路，从西往东，在47弄（现在是一个旧家具行，以前曾是一个裁缝铺）口，许多木偶走出来，身上披着毛皮，如狗熊和袋鼠，站立着，会蹦跳，挡住她的去路……

拐角的小学，小时候在它的附属幼儿园待过一年光景。房子有二层，木板结构，二楼的走廊栏杆嘎吱作响。旗杆是用一根废弃的电线杆改制的。小学的操场挨着一排居民住屋，做早操时，总是抬头看那些忙着晾衣服的女人，她们多半是老太婆，把竹竿伸出窗外，绞不干的衣服在朝下滴水……也梦到过一次（仅仅一次，似乎太少），好像从后弄的边门进去，七拐八弯，又从正门出来，满街是人，这是梦中人最多的一次……

有一次做梦，梦见无数的羊，扑向她搂抱她，梦中惊惧万分，挣扎，难以脱身，嘴里发不出声音。终于醒来，躺在地上的席子上，抱着旁边的沙发腿，沙发上毛茸茸的，塞了一嘴的绒毛。

那些关于死亡的梦境，让二毛思考生命是什么。

那段时间生活在厦门，除了和朋友合作开书店，就是有很多时间用来发呆，想过往的人生。

每一个城市都有自己的生活节奏，厦门是慢的，如同窗外云的移动。

见了一些当地的文友，也交了可以无话不说的女伴，比如瓜。共进晚餐的时候，谈得最多的是生病的朋友。那天瓜所在报社一个关系很好的同事不幸拿到了体检报告，结果很不好。那是个一向觉得自己身体健康从来不拿休息当回事的朋友。检查出他得了肠道绝症，要立即住院治疗。

大家都明白化疗的结果，可是不接受化疗，治疗效果又不能打包票，这样的时候，无望就会压在他身边的亲人和好朋友心头。

人到中年的可怕大概就是要面对各种各样的不幸事件发生。现在的不幸年龄还在大范围提前，80后的死讯也在频频传来。那个大雨中困在北京广渠门桥下死去的人，就在打不开车门的车里，近在咫尺就有他的亲人，还有来救助的人。他们就是来不及打开被水浸没的车子，救出他。等到车门打开，他的头盖骨都在玻璃上撞碎了。

生命如此脆弱，瓜说，一生中，熟悉的人，他们和我们就像长在同一棵树上的叶子。好友、至爱，都是离我们最近的叶片。这些年，我触手可及的多片树叶渐次飘零。我也知道，有一天，我所属的这棵树上，所有的叶子，包括我自己这片，终将掉光。我们将全部离去。

二毛说，叶子常绿，生命常新，红尘不断轮回。

那天晚上在饭桌上，为了打消瓜的灰色情绪，二毛说到和死亡有关的几个梦境。

一个是2008年，母亲死后头七的早晨。她梦到母亲在一个很阴凉的大房间，穿一件绿色的衣服，人显得很好看。

母亲似乎回转过身来，幽幽吐出几个字："你以为我愿意的吧？"是用方言说的，一贯的语调，熟悉的口气，她听明白了，她是想说在那场突发的灾难中，突然失去生命离开家人她是不愿意的，但是没有办法，只有接受。

后来又有一次梦到母亲，这次母亲似乎是在诉说她的临终感受，她说开始还有点疼，一会儿就感觉到浑身舒服，轻飘飘的，往上飘。

梦到这里，她似乎就有点释然地醒过来了。

过了一些时候，当时她还在北京，在中央电视台《经济半小时》栏目做编导的王晓磊突然出事了。他是女友顾雪的哥们儿，当时曾经参与过给他介绍对象相亲的活动，有过几次吃饭喝酒的关系。王晓磊是和朋友吃饭喝酒到半夜，走出餐馆滑了一跤，后脑勺着地，引起颅内出血而死的。当天晚上他并无感觉，照样回家，第二天还约了人下午喝茶，颅内出血压迫神经，他感觉不对了这才被家人送到医院，经过两次开颅手术，没救过来。

后来遇到和晓磊一起做话剧的哥们儿，他跟二毛说起他做的关于晓磊的梦。梦里他问晓磊难受吗？晓磊跟母亲说的一样，对他说就开始有点痛，后来就很舒服了，人轻飘飘的。

朋友问，那你现在怎么样？晓磊说现在很好，还见到了他的偶像奥黛丽·赫本呢。

那天神奇的是什么呢？

那朋友做完和晓磊的梦，没有放在心上，后来醒来打开微博，鬼使神差点开了一张照片，照片上是穿着黑白衣裙的奥黛丽·赫本。

她的手心里还捧着一只鸟，似乎是一只鸽子，眼睛黑白分明，和过去的某双眼睛非常相似，站在赫本的手上看着那个朋友。

他突然明白了：王晓磊现在变成了鸟，也就是那只鸽子了。

后来，他就不再为死亡感到痛苦了。

对死亡的困惑使二毛长期以来想写一本关于死亡的书。人既无法知道死亡何时降临，也无法决定它以何种方式降临。

死亡，爱，性，病，抑郁症，墓地，终点，艺术……一系列与之有关的字眼总是围绕在她的脑际，无法排除，很难驱遣。

她必须抓住这死亡之黑暗中的光明，来解读这黑暗人生中的光亮。

是的，因为黑暗，所以光亮。

# 16

## 两个人的车站

因为从小就觉得父母亲在一起不幸福。

二毛渴望有人早早地把自己从父母身边带走，却又彷徨于不知道自己在哪里能找到幸福，能不能得到幸福。于是总在寻找，有时候有人答应给幸福的时候又害怕地逃跑。始终缺乏安全感，童年时感受到的黑暗太多了。长大以后，心里始终有一个阴暗的角落，阳光晒不到的地方。

猫和老鼠，如同她和男人的关系。

有时候看上去脑子很清楚，冷静地对别人说：“你手心里的米粒只够喂一只麻雀，可你却妄图喂饱一只老鹰。你留不住我的，命中注定留不住。放我走吧。”

有些女人的身上的确有种精神和鹰很像。

有人对二毛说，到老的时候他一定要养只鹰。

问他，老北京有句话说“您什么眼神，还玩鹰呐”，这什么意思？他说，鹰一般不服人，养鹰的人必须要具备比鹰更狠的眼神，他要盯住鹰狠狠地对看，鹰的眼神一般比人还要犀利，如果人的眼神比不过它，败下阵去，那么，那个人便也养不了这只鹰，他无法驾驭这只鹰。

总有人有比鹰更生猛的勇气，他会不服输地盯着鹰猛看，几天几夜，鹰不休息，他也绝不退缩，最后，也许是人的士气终于压倒了鹰，这只鹰终于低下了骄傲的头颅。它接受了他做自己的新主人。从此以后，在主人面前，它会言听计从，非常忠实地追随左右。

有些女人也和这鹰一样有性格，一般的男人无法掌控她，短期似乎可以，时间一长就不行了。能够让鹰一样的女人心里接受的男人，他必须是心理比她更强大的，更从容的，才智更突出的，经历更丰富的。简单地说，没有一定实力，别想和她们在一起。

和鹰一样，总有真的勇士敲开鹰一样的女人的心扉，一旦经受住了鹰一样的女人的考验，那么，那个人便会直接住进她的心里，可以在她的心里当家做主。她放下用于自卫的骄傲、清高和不可一世，整个变了一个人，温柔并且忠诚，随时准备守护在他的身边，如果有人想欺负他，她甚至不惜牺牲自己去保护他。

要不就不爱，心凉如铁，要不就可以用一生去交换，一诺千金，肝胆相照。这样的浓烈，犹如烈酒；这样的决绝，如天上的彩虹，美丽而又短暂，失去不可得。

可是，她真的就是那样一只凶狠绝不屈服的鹰吗？

很多时候明明又脆弱得不如一只麻雀，但是内心的自尊不允许自己随便为谁停留，不允许自己随便去吃别人手心里供奉的米粒。

自尊和自卑绞在一起，她喜欢的是强的男人，只有强悍才能引起她的征服欲，可是如果能被征服，什么才是强悍？如果真正强悍，又怎样才能将他收于手心？

矛盾就在这里，二毛渴望爱情，但内心对于完美爱情的想象是不食人间烟火的，最好永远不要落实在现实生活里，最好永远是在小说和电影里的男主人公。但是，这样的人怎么能在世俗的生活中随时陪伴在女人的身边呢？

经常出现类似于电影的情节，英雄气质的他们突然光辉万丈地出现，戏剧性地和她一见钟情短暂相爱，相伴一个时期，然后又突然地离她而去，把孤单的女人永远留在平凡的生活里，咀嚼着回忆，孤单地过着余下的日子。

也许，他们知道二毛需要的只是梦幻，时间长了，他们身上的光辉就要暗淡，就像灰姑娘在天亮之前要离开，灰公子们也怕时间一长自己就要现出原形。于是趁还爱着他们的时候离开她，为了保护一个梦境的完美。就像阿兰·德龙在某一个凌晨时分悄悄离开还在睡梦中的罗密·施耐德，在她的枕边放上一朵带着露珠的黄色玫瑰花。

她怎么这样贱呀，难道只配忍受更多的现实世界里的孤独？

这样的云上的爱情，浪漫，激情四溢，但最后结果只有预料中的孤单，这是一场独角戏，男主角用几年的时间周旋，然后抽身离去，最后她还是独自一人。她所拥有的仅仅是回忆。

当看清楚了这一点以后，二毛对自己说不要再做一个凡俗女人了，不要踏进去，下一次爱上谁，不要互相得到，以她的性格，还是远观比较好。就和他保持着距离，若即若离，你说是暧昧也好，你说是比朋友多比爱情少也好，反正她不愿意再像以前那样，飞蛾扑火，热烈相爱以后再简短说声再见，从此成为陌路。不要像当初那样相濡以沫的两个人成为最熟悉的陌生人，太残酷了，不要感情变来变去，不要别人再扰乱平静的生活，做个朋友彼此牵挂就好。最起码心还是属于自己，最起码还生活在原来的空间，最起码自己还是原来的自己。

当二毛遇到大林，就是那样和他说的。那时问他要不要再去外面游荡？他说要寻找什么身边就有，要逃避什么天边也不能。

那些年，二毛和他都离家在外，都是漂在北京的浪子，很早就认识，但从未突破距离去表白什么。也许两个人偶尔相对沉默的时候，他能从她的眼神里读出：千万不要随便爱上我，因为我只愿意相信爱情，一旦爱情的感觉不在我就会离你而去。所以我这样的女人不值得相信，太善变，不可靠……

当她和大林见面的时候就对他说起她的所谓桃花逸事，说起心里在意的某个子虚乌有的人，很想告诉他在很多时候他也是那个她惦记的人，但是她不能也不想。想保护心里仅剩的盼望，这种伪装也许已经被他不露声色地看破。

她一方面说爱上了谁谁谁，一方面又渴望在大林住的小区附近找个房子，她说想和他做邻居这样也好有个照顾，像兄妹一样就是觉得和他很亲。不管他今后在哪里到哪里去，一定不能失去联系……不能没有他的消息。她的说法自相矛盾，前言不搭后语。

大林淡淡地说，命里该来的你只能让它来，爱上谁都不要着急。

他像个无限包容她的宽容成熟的大人，摸摸她乱糟糟的长头发说："其实你很可贵，你身上有一种很真很真的东西，很可爱。”二毛说可是很真很真的东西也会像把刀把自己和别人都伤了。

他还是那样淡淡的表情说，总有一天，你会长大的，生活会让你长大的。

他的表情和他的话，让她感动到哭。

她好想和他点破，请求他和她住在一起，但是永远保持无性的距离。不是因为她不愿意和他有关系，而是害怕在一起什么秘密都没有以后，老毛病会犯；她怕以后会爱上别人，怕会对他失去感觉，怕伤害他；也怕他伤害自己，怕他会对自己太熟悉了而在意别的女人，怕他对别人好胜过对她好。想到这里，她和他做邻居的想法也落空了，不再提起。

想得越多越会让人背负太多，重得无法前行，她知道这一点，但是无法不去想，也许太在意大林了，把他看得太重了。甚至愿意把他塑成心里的神，把他供在高台上不染世俗尘埃。

希望越多就会害怕失望越大。

在很长的时间里，大林和她保持的关系就是：经常见面，去城里新开的餐馆吃饭喝汤，都喜欢喝汤。每次喝得红光满面然后汇报各自的近况，他做着自己和朋友合作的音乐公司，工作很忙。他们什么都说，唯一不说的是彼此的感情，也不过问各自的感情。没有谁能代替他在她心里的感觉，所以反而不说了。希望他可以和别人花好月圆，但也不关心。她宁愿孤独着自己，至于他孤独还是丰美，尽量不去打开那个天窗。

有高兴和难过的事情第一时间会想到和他说，在短信息里和他说。尽管不见面，但感觉离得很近，比爱情少，比友情多。他好像就在一个不远的地方，默默等着她长大。

大林说过她怎么样都可以的，每个人都要做一个真实的自己。

她了解大林吗？她不认为自己完全了解真实的大林是什么样的。拒绝完全了解他，因此甚至不愿意给他们进一步互相了解的机会。害怕大林成为没有谜底的答案。

一块被嚼烂的馍还有嚼下去的必要吗？几十年老做一件事情会感觉有意思吗？尽管身边放眼望去尽是几十年同舟共济的夫妇，他们一边抱怨着“做了几十年的事还有想做的冲动吗？”一边因为害怕原有的生活节奏被打破被改变而只能容忍对方直至互相厌倦。二毛不愿意和大林成为如此无可奈何悲哀的一对，因此人为地在两人之间设置了一条河。两个相爱的人默契地在河两岸，永远隔着一江水。

大林的容忍或者说接受她的暧昧，大概源于他自己多年前的内伤。

她问过他从前的恋爱经历。

他说有内伤。

她说内伤是什么意思?

他说阴雨天有时候会感觉到身上某些地方会隐隐作痛。

她问他哪里痛?

他说你注意到没有,你以前提议去哪家酒吧和咖啡馆,我总是不愿意去,非要换地方……

她摸摸脑袋说,隐约,似乎,好像有过几次。

他说这就是我的内伤之一,和过去的那个人经常去过的地方我再也不敢去。

她说你让我想起了陈奕迅的那首歌《好久不见》。其实就是互相在那家店门口碰到了,也可以互相打声招呼嘛,说声好久不见,又有什么大不了呢。

他摇摇头,摇摇头,点燃了一根香烟。白烟袅袅升起,是男人遮掩面目很好的道具。男人和女人真的是很不一样的两种动物。哦,知道你也有内伤,其实我挺高兴的,她对他这样说。原来这个世界上不只有自己曾经心疼过。

她说,在爱情没开始以前,永远想象不出会那样地爱一个人;在爱情没结束以前,永远想象不出那样的爱也会消失。

大林不肯告诉她他的出生月日。他说他的身份证上的都是不准确的，因为他母亲报户口的时候搞错了。只知道他是哪一年的。

他说她是星座控，他不愿意被她掐算他的性格运程，甚至在还没有开始之前就在掐算中看出两人的一生。

万一事实不是那样呢？

不管准不准，提前知道了答案又有什么意思呢？

他还经常怀疑她对天蝎座男人余情未了，不然不会对他的事情记得那么清楚。她说你不如说我在天蝎男人身上栽了跟头，那么想控制别人，可是天蝎让人感到挫败。他不声不响就可以离她远去，然后想回来的时候又神不知鬼不觉地回来了。鬼才知道他在外面风流了什么干了什么好事，他守口如瓶，留学过美国就很讲究人权，把他的一切都当作人权来维护。越是这样就越吊起她的好奇心和征服欲，越想搞清楚他的秘密他就跑得越快，如果这是爱那也是变态的感情。

大林说你们可以演一出谍战戏。

她说："我是一个失败的女间谍，潜伏多久也没用，他能够看清楚我是什么人而我却搞不清楚他究竟几斤几两。大林，你千万不要以为你是天蝎的替代品，你的怀疑折磨着我。千万不要因为他在分手后还要让我受着他的影响和折磨。"

“可是我怕你自己也分不清楚。”大林说。

“爱情真的让我感到累。我不要折磨人的爱。抱抱我吧。就像一个哥哥抱抱妹妹。”

他抱住了她。

怀抱温暖，她把脑袋扣在他宽厚的肩上，支支吾吾含混不清地说：“走近了有时候连这怀抱也会失去，我不敢走近，又不舍得放开，活着好痛苦。在我还爱着你的时候把我杀了吧，这样就能死在你的怀抱里了，永远和你在一起了。一了百了。”

“傻孩子。”他更紧地拥抱住她，她感到有什么东西滴到了她的脸上，头发上，他的脸埋进了她的头发里。

他们俩久久地不说话，也不敢放开对方。

二毛和大林是两个有着外伤和内伤的同病相怜的人。像两个刺猬，不敢互相靠得太近，怕近了扎伤了彼此。寂寞久了习惯了就好，偶尔、难得地和你在一起就好，难得看见你也好。于是，她放任大林变成了天蝎男人，去忙自己的事情，不要太在意她。

大林做音乐公司，签歌手新人，发行唱片，偶尔回到北京再带二毛去唱卡拉 OK 解压，做这一行的大林本身也是一个很好的歌手。这一点她不得不承认他和天蝎很像，都有音乐细胞又都很有节奏感。她天生喜欢和音乐有某种不可知的缘分的男人，他们总像长不大的孩子，内心纯真、敏感，懂得孤独，拥有属于自己的内在的力量。

大林和天蝎唱歌的时候都很深情感性，音色磁性伤感，但大林比内向深沉的天蝎更能抓住歌曲的魂，只要他一唱仿佛就唱出了每一首歌里他自己的心声。沉默内向的人总是在很多别人的歌里发现自己的心情。

他拿手的曲目很多很多，他很爱唱二毛也很喜欢听的赵传的《唱不完的情唱不完的爱》，王文清的歌词仿佛说的就是那些深藏着内心所有的秘密又不去点破的人：

眼泪再次滑落到胸口
我傻乎乎地看着自己脚下的影子难过
爱情似海深爱你的心渺小得比天还大
天长地久的话最好不要谈分手
唱不完的情唱不完的爱一首接一首
一个平凡的男孩想要告诉他的爱人
我还有一点点温柔
我站得比山还高
是因为要看清楚你离我多远
我的心在痛我的泪在流你不要离开太久

从花开到花谢的结果你可不要忘了我

很多伤心的镜头在触景伤情以后

怀念一些日子以后会多了不肯痊愈的心痛

…………

还有南方二重唱的《相知相守》，他唱得她的泪水悄悄滑下脸庞，偷偷擦掉，不知道心里想起了谁，也不知道大林唱着这歌心里浮现起谁的脸，两个人都沉默了好久。

总是慢慢回头　看着你走

所有不舍的情在眼眸

你说梦在路的尽头

未来不该在现在停留

一转眼已过了春秋

往事历历如梦　心情依旧

偷个阳光午后想个够

时光在日夜中溜走

当初的梦我还没看透

只盼望再见你细说重头

不强求每一个夜都温柔

相知不一定相守

这些年学会了不泪流
把所有的话藏心头
不强求你能常在我身后
思念不一定拥有
只愿你能常在我梦里头
我的今生今世已足够
…………

好的歌词真的能伤人，好像是说出一些隐藏的命运。二毛和大林真的就相知不一定能相守了吗？

不要，真的不要这样冷酷，那空中的命运之手。

# 17

## 云端上的爱情

在这个时代，二毛是病人，大林也是病人，内心都有伤，现在止步不前，不敢完全付出。肌无力或者爱无力。病人需要的是医生，可是现在的社会医生病了，上帝也睡着了。于是这些病人只能相互安慰，自娱自乐，看得到对方的痛楚和迷茫，却又救不了彼此。

是时代病了还是我们病了？

每个人都有一大堆烦人的问题，生活是比过去过得好了，可是烦恼却比过去多了。欲望总是让我们处在永远的不满足之中，不知道何处才是尽头。

于是为了逃避一些现实的烦人的问题，为了让自己变得更忙无暇思考私人的心事，大林把自己的公司做大了准备上市，在很多城市都拥有自己的子公司，他自己也顺利地变成了来去无牵挂的空中飞人。

他带二毛去看一部叫《在云端》的电影，他说那部电影里可以看到他现在生活的某一侧面。

瑞恩·布林厄姆供职于美国内布拉斯加州奥马哈市一家专为其他公司提供裁员服务的公司，一年有三百多天辗转于全国各地解雇他人，几乎以机场为家。在一次例行裁员旅行中，瑞恩遇到了商务美女亚历克斯，二人一见钟情，却都满足于维系随意的性伴侣关系。

影片最后，他想为商务伴侣亚历克斯停驻在现实，在演讲讲到一半的时候突然醒悟，乘飞机赶到女方所在的城市，却心碎地发现女方在现实生活里早有丈夫和孩子，人家一切圆满无缺，他只不过是别人工作旅程中的浪漫插曲。他只能重新踏上孤独飞行的归途，外面的灯火璀璨，不知道有哪一盏灯为他点亮。未来迎接他的难道还永远只是一站接一站的旅程？

影片有迷茫，有伤感，但是依然温情弥漫。非常符合二毛的口味，一看就让她爱上了它。

瑞恩在电影里开场的时候有段台词，关于轻装上阵：

假设你在背着一个背包，感受勒在你肩上的背带，感受到了吗？我要你把生活中的一切都装入这个背包，从小的物件开始：书架上的，抽屉里的，零食，一切乱七八糟的，感受重量不断地增加。现在开始往里装大点的物件：衣服，桌面上的东西，台灯，毛巾枕头，电视机，现在它应该不小了。再往里放更大的东西：你的沙发、床，还有餐桌、汽车，装进去，你的家，不管是个单间公寓还是个三室一厅，我要你把它们统统塞进去。现在试着走走路，是不是有点费劲？这就是我们每天做的事情，如果我没弄错，只有向前才是生活。

现在我要烧了这个包。你想把什么拿出来？照片？有遗忘症的人才需要照片。喝点银杏酒烧了照片吧。实际上如果把它们全烧了，想象一下明早一无所有，非常让人愉快，不是吗？我就是这样开始我的每一天。

现在是有点困难，所以和我一起。你有了一个新的背包，这一次我想让你用人去填满它。从随意偶遇开始，朋友的朋友，办公室周围的伙计们，然后回到那些你最信任的人，你的兄弟姐妹父母，最后你的丈夫妻子，男女朋友，把他们放进包里，别担心，我不会让你放火烧了它。

感受背包的重量。没错的话，你们的关系，是你们生活中最重的组成部分。感受到背包肩带深嵌在你的肩膀里了吗？所有的妥协、争辩、秘密以及责任。

你并不用承担所有的负担。

为什么不放下你的包？有些动物打算一直背着彼此，一起过一辈子，时运不济的爱人，终生相伴的天鹅。

我们不是这种动物。我们行动越慢，死得越快。我们不是天鹅，我们是鲨鱼。

# 18

## 我们的爱 没有 施处

我们的爱还是没有施处，该何去何从？

二毛在电影里看到了自己和大林的影子，还有身边的芸芸众生。

她故意装作无所谓的样子问他，他的商旅之途上亚历克斯那样的性伙伴有几个？大林说他总是孤独而顾影自怜，心被留在了地上某个城市某个人那里，他不太会给自己找乐子，而瑞恩则是走在路上孤独但乐在其中，是两个不一样的鲜明个体。

她看着他的侧面，温暖的侧面，眼神让她沉醉。有时候真想爱上一个人然后就此死去，再也不用害怕会发生什么变化，再也不用害怕岁月会让他们失去温暖变成两个冷漠的成年人。

理想中的男友其实就是像他这样：比自己大十岁不到，身高一米七八到一米八，浓黑而短的头发，说话慢条斯理，不胖亦不瘦，头型有点圆，有坚定清澈的眼神，大学毕业，有一个简单的名字，喜欢小动物，走在路上有时都会逗喜鹊玩几下，喜欢看有趣的电影，听好听的音乐，会拨弄几样乐器，喜欢户外运动，可以开车带她兜风，能让她轻易产生爱他的感觉，就算大吵一架过后还是会主动拥抱她，有一个温暖的笑容，毛笔字写得非常好看，或者声音很好听，喜欢真心对待他的朋友，就这么简单。

这样想着，她就开始轻轻地叫着他的名字，他走到她的身旁，似乎这一生都可以如此。只要她需要他就会来到她的身边，把她像孩子一样抱在怀里，手抚过她的背脊，她成了他怀中患有抚摸缺乏症的猫科动物，眼睛微微闭着，浑身享受着因为他手的抚摸而给全身带来的酥痒温暖。

大林，只要不失去你，我情愿就和你这样亲近又保持着不去逾越的距离。二毛心里默默地想。

这时候，大林却在心里责问自己，为什么我总是遇到像谜一样的女孩？

很多年前，他认识一个小女孩小梅，那时候小梅是他的邻居兼同窗的妹妹。她要比他们小八岁，那么小的鼻涕孩子，总是跟在后面可怜兮兮地跑。很多年他都没有正眼看过她。

可是当他来到北京工作以后，有一天突然接到小梅的电话，说她大学毕业也来北京了，正在找工作。作为哥哥，大林请她吃饭，同来的还有她的大学男友。

他简直无法相信过去的黄毛丫头一下子变成了一个亭亭玉立的小女人，当然也只是呆了一下而已，还是很快从她的轮廓中辨认出了过去的那个鼻涕孩子的模样。

他以为事情就到此为止了。

他们继续去找工作，大林也提供了一些可能的帮助。

然后再无音讯。

过了一年，突然小梅又来电话，说她和男朋友要回老家，临行前想请他吃一个饭。

他以为她和男朋友两个人一起来，可是她一个人来了。他们喝了一点酒，该死的酒，酒会让人犯错误，惹出某种不该惹的错误情绪。那天小梅又是哭又是笑，说了很多很多话。甚至说很小很小的时候，她就喜欢上了大林。

她就用那种绝望的小动物一般的眼神看着他：绝望，是的，明知道他和她不可能的，然而，目光和小动物一样大胆，直接，火烈。

大林强装镇静，吃完饭站在街边为她打车，出租车迟迟不来，她扑倒在他怀里，哭了又哭，生离死别一般。

突然地，似乎什么东西在他们之间催生了，他们四目相对，干柴烈火，电光石火，一种无法克制的激情瞬间同时击倒了他们，他们竟然就在大街上要死要活地激吻起来。那种要死的温柔缠绵让他几乎全身瘫痪。

后来发生的事情就不想多说了。

再过了两三个月，小梅让大林陪她去医院打掉肚子里的孩子。她说她和男友已经很久不做爱了，那个孩子是他的，但是她无法生下他。她要把孩子打掉，然后当天就坐大巴回老家，她的男友在那里等她。那是一种没有爱的感情，但是她不能离开他，她对那个男孩有责任。

他们找了一家无痛流产的医院，她进手术室，大林在旁边的房间抽烟等待，小梅性格里的倔强很让他烦恼，她总是生活在自己的世界里，并不太顾及他的感受，自说自话，比如他央求她做完手术在他那里调养好身体然后再走，可她不肯，似乎要拿自己的身体开玩笑，自残自虐给他看，让他感到痛苦。

医生从手术室出来，说手术做完了，剩护士清理残局，他偷偷地从门的缝隙里往小梅那儿看去，天哪，只见她的两条腿一边一条架在冰凉的妇科专用铁制检查椅上，那里血肉模糊。她还在深度麻醉中，人事不省，鼻子里插着好几根打着麻醉药的管子，场面简直是人间惨剧，太悲惨了，太凄凉了，他永远也忘不了那个时刻。

他恨自己成了害她受苦受难的罪人，他有愧，但是却永远无法补救她。他甚至感到以后他在性方面也不行了。萎缩了，萎缩。彻底变成“残花败柳”。也便不会再害人了。

一个小时后，她清醒过来，拖着那样单薄的身体，仍然要大林把她送到空调大巴上去。不肯答应他到他温暖的小屋里休息休息，就因为她对另一个男人有承诺。女人到底怎么想的？说孩子是他的，却不肯为他停留，也不能为他生下来！还说爱的是他？！

这个世界太疯狂了，他简直不能相信任何女人！

她走的时候，目光那样意味悠长地看着大林，不知道是爱，还是无奈，是悲凉，还是苍老憔悴，这个世界也许太现实了，现实得那么沉重，容不下一点真实的东西，感情更是不值一提！

她没有给他继续拥抱她的机会。

她毅然决然地走了，带着自己的伤，同时也把痛留给了他。

很多男人对性只有快乐，可他，却怀有恐惧。好在后来遇到的是同样古怪的女孩二毛。她和他一样，对和异性睡觉心怀恐惧。

谢天谢地。

他对现实无能为力。

他对自己无可奈何。

他和他自己两败俱伤。

他和他自己和平共处。

二毛是一个双重性格的人，有一面是极其幼稚，孩子一样的，还有一面是复杂、多疑、缺乏安全感。

她害怕自己内心的无力感，对很多事情心有余力不足，怕自己抓不住。

越是温柔的东西越会像一把刀，想抓紧的时候就刺破和弄痛了自己。

她喜欢的很多歌都是从国际广播电台或者音乐电台中她爱的节目中听来的，她喜欢一个人在家里的时候总是在旁边开着一台收音机。她说她从小就是一个喜欢听收音机的女孩。家里尽管有父母、弟弟，可是没有人能完全了解她的心。她沉默不语，总是一人发呆，脑子里想着一切不合时宜的念头，这时候收音机就是她的最好陪伴。

永远不期望她的回答，收音机这小匣子好像一个最善解人意的爱人，在她的耳边絮絮叨叨，轻言细语。

她听着听着睡着了，他还在不知疲倦地说着说着，给她播一首接一首的情歌。那小匣子后面似乎藏着一个懂她心的男人，一眼就能看穿她，声音磁性，深情温存，安慰她，给予她关怀和爱，希望和梦想。

长大以后，尽管她谈过很多次恋爱，但她觉得自己内心真正的爱情是属于一个电台节目主持人的。因为他们从没有见过面，只是互相听到过声音。那是一个午夜电台节目的主持人。节目照例是推荐他自己喜欢的歌，说着一些他自己的感悟，如此而已。在大林看来并无特别，当然出生于二十世纪六七十年代的主持人就是会比现在的80后、90后主持新秀多很多内涵，说话不那么口水，有感而发得多。

她拒绝和电台主持人见面，但通了很多封信，在很长的一段时间里，几年或是十几年，从书面的纸张通信通成了电子邮件再是手机短信息又变成微信。科技不断发展，生活不断改变，甚至从一个城市换到了另外一个城市，对他们两人来说都是一样。

她从来不说自己情感上的事情，也从不打听他的个人生活。

他们也通电话聊天，说天气，说电影，说最近某位生病的亲友带给他的瞬间触动，他的声音在只对她一个人的电话里出现，显得比对着话筒在电波里出现多了一些亲近和随意，有所不同。依然很坚定，温暖。他说话有一个最大的特点就是频率接近，很平静，甚少听得出语调间的起伏，于是这种声音在午夜听来更加能抚慰脆弱不安的灵魂，让他们安静下来，睡觉去。

他有很多听众粉丝，他们为他建立了网络上的小群落，定期举办听友聚会，她从来没有去过，但会不时潜水看他们在网络上留下来的印迹，那些群组发言，或者交换听他的节目的感受心声，写一些小说诗歌。有一些和她一样一听就听了很多年的，一起相伴成长的，从小女孩听成了少妇，自己成了孩子的母亲，抱着孩子继续听他的节目。

他始终在电波里存在成了某一些有同样爱好和习惯的人的心灵寄托。身份始终是大龄未婚男青年。这一点真是很有意思。听众们一边希望他和他们一样结婚生子过世俗生活，一边又希望最好就保持现状，让他永远在电波里寂寞地温暖着，成为一个与他们不同的生活典范和寄托，成为自己在俗世生活里累了之后还能倚靠和向往的一盏遥远的明灯，在黑暗又茫茫的海上有明灯存在总好过漆黑一片。说白了，他和他们的相逢本就是一场《偶然》：我是天空里的一片云，/偶尔投影在你的波心——/你不必讶异，/更无须欢喜——/在转瞬间就消灭了踪影。//你我相逢在黑夜的海上，你有你的，我有我的，方向；/你记得也好，/最好你忘掉/在这交会时互放的光亮！[1]

大林把二毛听电台节目的习惯称之为“意淫”，把那个电台节目主持人叫作她的“精神伙伴”。

“你的精神伙伴最近怎么样了？”他经常这样问她。

她会耸耸肩，说声音听上去像是感冒了，心情似乎有点低落，短信也给她回得少了。

“你以为这世界还有多少人像你一样不切实际吗？人家也要忙着挣钱啊，找女朋友啊，人家也活得不容易，也挺辛苦的，哪有时间和你这样一个妄想狂瞎耽误工夫耗下去啊。你不敢见你的精神伙伴，只不过你害怕连个念想都会破灭。你对你自己和他都没有信心。”

她无奈地垂头，突然又有点来精神地抱着他说：“大林，要说变态的人只能找变态的人，这世上估计也就只有你才能和我死磕下去了。谁让咱们好歹还算正常，见了面又经常在一起。”

“哼，你说，咱们正常吗？还没开始就已经搞成亲人了。”

“亲人就亲人吧，反正我们和别人不一样。反正我们见面

① 徐志摩：《偶然》。

了现在还想在一起。”她胡言乱语，不知道表达着什么意思。

什么是现代女性？

耶利内克在她的戏剧《病态，又名“现代女性”》里的第二幕结尾这样写道：

> 响起一个女人的单调嗓音，像电视播音员通报：刚才最后一响是二十二点整。两个男人发愣地听着。片刻寂静。房子入口处的门突然大开，两个还活着的孩子穿着旱冰鞋喊叫着飞快地滑了进来，他们还推着装有娃娃的童车，在屋子里到处乱推。男人们把耳朵捂住。同时卧室令人恐怖地发亮，就像它本身在发光。卡米拉和艾米莉从她们的棺材中走出。
>
> 她们在梳妆打扮，她们互相梳理头发并化妆，因为她们在（被蒙上的）镜子里看不见自己。外面孩子们边喊叫边到处乱跑。男人们想抓住孩子，却抓不住。片刻之后女人们容光焕发、毫不费力地跨出卧室门走进起居室。人们可以看到她们的吸血鬼獠牙。艾米莉让她的獠牙快速龇了出来。[1]

---

[1] 埃尔弗里德·耶利内克：《娜拉离开丈夫以后：耶利内克戏剧集》，焦庸鉴等译，深圳报业集团出版社2005年版，第237页。

# 19

# 寂寞 是人生的 终点

什么是人生?

有一段开示人生究竟是什么的故事和感悟:

在一个寂寞的秋日黄昏，无尽广阔的荒野中，有一位旅人步履蹒跚。突然，旅人发现薄暗的野道中散落着一块块白白的东西，定睛一看，原来是人的白骨。旅人正在疑惑之际，突然从前方传来惊人的咆哮声，一只老虎紧逼而来，旅人顿时向来时的路拔腿跑去。他因为紧张跑错了方向，竟跑到断崖绝壁之上，幸好崖上有一棵松树，并且从树枝上垂下一条藤蔓，伸向崖底。于是他毫不犹豫顺着藤蔓垂下去，可谓九死一生。老虎见好不容易即将入口的食物居然逃离，懊恼万分，在崖上狂吼着。旅人暂时安心了，但当他朝脚下一看时，脚下竟是波涛汹涌底不可测的深海。海面上怒浪澎湃，波浪间还有三条毒龙，正张开大嘴等待他的坠落。抬头还有恐怖的事：在赖以生存的藤蔓根接处，出现一白一黑两只老鼠，正在啃着藤蔓，旅人摇动藤蔓想赶走老鼠，树枝上的蜂巢却正好滴下蜂蜜，被旅人吃到嘴里，多么令人陶醉的甜蜜，他甚至忘记了自己正身处恐怖境地。

释迦牟尼佛开示这愚痴的旅人之相，便是指我们的人生实相。旅人就是我们自己。荒野是比喻我们无尽寂寞的人生。秋天的黄昏是指人生的孤寂感。可能亲属、夫妻、朋友、同事之间也并不能互相倾听倾吐，人生的孤独就是心灵的孤寂。白骨是人生旅途中所见的亲戚朋友的死亡，无常就如同那只猛虎。老虎即是我们自己的死亡，这无常之虎一直在等待我们，因为人只想吉利的事，平时根本不去想这个话题。唯有与死正面对决，找到问题的答案，佛教才经常提到这个话题。崖顶的松树是指金钱、财产、名誉、地位，这些在死亡面前不值一提，什么也带不走。藤蔓比喻“我还不会死”的心情，我们以为还有二十年、三十年的寿命可依恃，可那又会怎样呢，已过去的二三十年也不过就是“啊”的一声之间便如梦幻般消逝了，以后的日子同样是“啊”的一声之间便会过去的。黑白老鼠是指白天和黑夜，他们一刻不休缩短着我们的寿命。活了今天一天，便是死了今天一天。好像看这解读人生充满了丧气。除了那吃到嘴里的一点点蜂蜜。

连认为印度是悲观主义的史怀哲也写道：“只有在很少数的时刻，我曾觉得活着是真正高兴的事。在我看到周边的痛苦，不只是人的，也包括整个受造物的，我不能不感到一种充满遗憾的同情。”[①]

二毛翻阅更多的书，看到更智慧的佛陀继续指出了生命明显处于脱序的六个痛苦时刻：

一、生之创伤。当代的心理分析在这一点上做了很多。虽然弗洛伊德否认生的创伤是日后一切焦虑的来源，但他后来认为它乃是焦虑的原型。出生的经验“所牵涉的正是那种一连串痛苦的感觉，来自排出和刺激，以及身体的感觉，因之而变成了生命受到威胁的各种情

① 休斯顿·史密斯：《人的宗教》，海南出版社 2013 年版，第 96 页。

况的原型，以后还不断在我们生命之中，再制造出来而成为‘焦虑’情况之恐惧”。

二、病患的病理学。

三、衰老的病状。在生命早期，单单身体上的精力加上生命的新奇感，使得生命几乎自动变成好的。在生命后期的岁月中恐惧来临了：怕经济上的依赖；怕不被爱或遗弃；怕久病不愈和痛苦；怕身体上变得令人受不了而且还要依靠别人；怕看到自己的生命在某些重要方面是失败的。

四、死亡的病态恐惧。根据多年临床的经验，荣格报告说，他对过了 40 岁的病人做分析后，发现死亡是每一位病人心中最深处的恐惧。存在主义者加入他的行列，唤起人们注意，恐惧死亡对健康生活损伤的程度。

五、跟不喜欢的东西捆绑在一起。有时候有可能挣脱它，但未必都能成功。一种不治的疾病，一个顽固的性格缺陷——为了好也罢，坏也罢，总有人一辈子被捆绑着去殉道受苦。

六、跟吾人之所爱隔绝。[①]

---

① 休斯顿·史密斯：《人的宗教》，海南出版社 2013 年版，第 97 页。

# 20

# 活出生命的意义

痛苦时刻怎么办？二毛不断寻找答案。如何让沉睡的意志缓慢而沉闷地升起？如何自救？

南京一位正骨专家说抑郁症患者的各种临床表现，一般都无器质性病变，按器质性病变治疗通常都没有疗效。这说明抑郁症跟植物神经紊乱有关系，植物神经又称自主神经，不受人的意志支配，但受脊椎神经支配。而脊椎神经是穿行在脊柱的椎间孔内的神经。所以，抑郁症应该跟脊柱的椎体关节紊乱有密切的因果关系。

所以，现在抑郁症更多发作于高学历人群、知识分子和学生之中，因为经常坐着，脊椎缺乏正常运动锻炼。喜欢静的人更容易得，当然还有环境造成的意志活动减退，思维迟缓，心境低落。百分之九十的抑郁症患者跟生理因素有关，而生理因素又跟脊柱有关，找到好的正骨医生，加强脊椎训练是一个办法，还有百分之十的患者跟心理因素有关，需要及时吃药、进行心理疏导。

《活出生命的意义》这本书是张朝阳在二毛某次发病期间推荐给她看的书。感谢他——她生命中很多关键时期的精神摆渡人，让她知道了这本书。明白了人活着的最终目的是要活出自己存在的意义和价值。

这本书作者只用九天时间就完成了，自出版以来，英文版就重印一百多次，销量突破三百万册。1946 年此书第一次出版，名叫《一个心理学家在集中营的经历》，1959 年出版英文版时改名为《活出生命的意义》，讲述作者在“二战”时亲身经历的集中营生活以及由此引发的生命感受和人生思索。很多人看了这本书之后，都开始重新审视自己的人生，她也不例外。

作者弗兰克尔是著名的心理治疗专家，纳粹时期，作为犹太人，他和全家都被关进了奥斯维辛集中营。他的父母、哥哥、妻子全部死于毒气室中，只有他和妹妹幸存。虽然这本书里有说教的成分，然而和其他书不同的是，他的说教建立在他在“二战”时经历的集中营岁月的基础上，这让他的书和其他讲述生命哲理和智慧的书有了大大的不同。

如果说其他书中对人生理念的描述大多来自大脑的思维，而此书对人生和生命的结论则建立在血淋淋的真相的基础之上，更有说服力。在此书基础上，作者开创了心理治疗中的意义疗法。

在现在歌舞升平的日子读一本关于苦难的书，也许更能从无聊浮躁的现实生活中抽离出来，静下心，重新审视自己的人生，在短暂迷失之后重新寻找自己生命的意义。

如果我们保持对我们的思想和感觉持续的关注，就会看到它们在我们的觉识中游进游出，根本就不是我们恒久的部分。我们应该观物而不做反应，特别是对待我们的心情和情绪，既不谴责某些也不抓住另外一些不放。……有志进修的人保持用心灵来控制感官和冲动，而不是被它们驱策。要对可怕和可厌的景象沉思默想，直到我们不再对它们感到厌恶为止。

…………

这里是一位西方观察者对于泰国和尚练习第七步骤的描述：

他们之中有一位每天花上好几个钟点在佛寺场地上缓慢地走着，绝对集中注意在每一脚步的每一动作最细微的部分上。将这种做法带进日常生活每个单一的身体动作中，直到在理论上，清醒的心灵能够跟随进入产生感觉、知觉或思想的每一步。有一位50岁的和尚在与佛寺相连的小坟场中沉思，因为在那里他不会受到打搅。他坐着，双腿交叉一动不动，眼睛张开着，一坐就是好几个小时——无论是在午夜的大雨中或正午的灼热下。通常一次就是两到三小时。[①]

人从本质上是不得不独行的存在。来到这个世界的时候是孤身一人，离开世界的时候也是独自离开。即使亲近的人们一起生活，每个人的想法也不一样。每个人的长相各不相同，构成生活根基的业力也各不相同。

……独身修行者，希望自己能具备独行的条件。即使聚在一起，构成一个共同体，每个人也都像隐者那样生活。即使互相依存，也不想被束缚或牵绊。我们最想要的是独立和自由，就像散养的野兽在林间纵横驰骋着寻觅食物，一个人上路，寻找独立和自由。

…………

“如果你遇到智慧、诚实、礼让和贤明的伴侣，你

① 休斯顿·史密斯:《人的宗教》，海南出版社2013年版，第105~106页。

就会克服所有困难，所以你要怀着喜悦之心与他同行。如果你没有遇到这样的伴侣，就要像王者放弃自己征服的国家，毅然决然地独自上路。”

人生就是这样，每个人都按照自己的方式生活，没有必要千篇一律。[①]

① 法顶禅师：《活在时间之外》，重庆出版社 2011 年版，第 221 ~ 222 页。

# 21

# 关于破相

2008 年 8 月 28 日二毛破相之后写过一篇小说，发表在上海的《小说界》杂志。

小说里提到的小区在北京南三里屯附近。

**爱和痛**

二　毛

唯有痛能让我记住我爱你，

爱，就让我从此在身体上留下一道道伤痕。

是的，我把自己的日子过得一团糟，可这是因为你，我愿意。

有时候我情愿变丑，为了让自己不受打扰地爱你。

——题记

我回家的时候，发现对面紧闭了一个月没有人进出的门突然开了，有一个戴墨镜的女人进出其中。好像是个年轻女人，个子很高，清瘦，但因为戴着墨镜看不清楚究竟的模样。

父亲说房子终于有人租了，还是一个年轻单身女人，中介和他都挺满意的，比以前租给一家三口强多了。干净不说，房子也不会受到破坏。

我问：“她怎么在家里进进出出也戴墨镜呢？”

父亲愣了一下，说好像脸上有点伤的，像烫了似的，没准就是从外地来北京找医院看病的呢。

父亲请中介代租的房间原先是我住的，是一小套，一个房间带一厨房、一卫生间和一小阳台。一个人住还是相当自在，几年前和白白结婚的时候我还相当舍不得从小屋子里搬出来，那里的橱和床都带着我少女时期太多的记忆，电视机电冰箱洗衣机……该有的全有，麻雀虽小五脏俱全，房子又在北京最热闹的东面，靠近三里屯，旁边公交地铁四通八达，去哪都方便，租给一个单身白领是合适得没得说的了。

父亲现在也是一人住着一套，有一大一小两个房间。自从母亲突然出走，我又出嫁以后，他就变成一个人守着一套房了。年轻时他一年有一半时间在外地上班，现在退休了，回到北京，母亲却又离开他，离开家。

好在，我们那房子是以前的老小区，上下左右，父亲出去走走总能遇到老街坊，那些人也都老了，闲了，不是聚在小区的路灯下面下棋，就是三三五五在有几个健身器材的区域说闲话，父亲想打牌和聊天应该是不愁找不到人的，可是，可是……

因为在传说中母亲是和一个在小区超市里负责送水的——比她年轻二十岁的男人私奔的，所以，小区里的传说有很多个版本，父亲最不想听的就是这些。他一个人躲在家里很多天，更沉默了，头发白了很多，耳朵也好像聋了，听不到人说话，除非他自己想听的，于是他主动和人说话时，他才听得到。

这年父亲六十岁了。没有染头发，头发花白。

母亲比他小五岁，染过头发，看上去像小他十岁。

我现在嫁到了望京住宅区。位于北京的东四环。先生白白是附近一个电脑公司负责系统升级的。家离公司很近，他出去和回家路上只需要十五分钟，我每天可以严格掌握他的时间。白白每天从睁眼到闭眼，很多时间都是面对电脑，说话的时间屈指可数。

女友问我怎么会愿意嫁给这样一个呆子的，我心想，看上的就是他的沉默，我不喜欢老有人和我说话。不说话人们已经很了解了。我要的，不过是家里可以有个人存在，并且一直会在那里罢了。白白能做到的恰恰是我需要的。也许这和父亲在我小时候老在外面上班，经常不在家里有关。

母亲和人私奔，其实我心里是早有预感的。

甚至我的心里一点也不责怪母亲。

父亲从来不是一个懂得温柔的人，他也不懂得爱。

那么多年来，我看到的只是母亲一个人，她一个人带着我，去医院排队看病，去菜场排队买菜，去给两边的老人买年货。她也是一个女人，一个需要温柔和温暖的女人，当有一天传来她和送水工私奔的事情之后，我才在一瞬间突然醒悟过来。我甚至觉得她其实很早就在准备着私奔的这一天了，要不是在静静等待着我长大，等着我出嫁，等着父亲退休，可以有他来照顾家里，她早就想私奔了，离开这个家，离开这个她操持了有几十年的单调地方……

父亲说租我们房子的女人以前很漂亮。我又一次回家看他的时候，父亲对我说。

我问他怎么知道的。

他说有一天早晨，对门的她敲响了他的门，她说凌晨的时候厨房的窗口竟然有声音，有小偷在爬进窗口，她大吼了一声“谁”，后来声音才慢慢退却。她起来看见厨房的临窗桌子上踩着几个大大的脚印。

因为我们的房子是在三楼，又是老的工房宿舍楼，一共才五楼，所以，要爬三楼是很容易的一件事情，踩着花台就可以上来了，但因为居民都是彼此互相熟悉的街坊，偷盗这种事情又是很少在我们那片发生的，家家户户都很少装铁防盗窗和栅栏。

父亲说，他送了一个花盆堵在对门租房子的女人的窗口，并且叫她睡觉的时候也把窗子锁上。父亲说也许有人以为这个房间没人住，毕竟空了一个月。以后应该没事的，这里这么多年都没有少过什么东西。

父亲说他给女人的窗口放置花盆的时候，看见墙上挂着一张很美的女人照片，他就顺口问：“照片是你吧？”

那个女人点点头，她还是戴着一副墨镜，看不清脸上的表情，只是皮肤很白。

父亲说他又问她：“脸上怎么受伤啦？”

女人小声说是给人不小心划伤的……正在找医院治。

父亲问：“你是哪里人呀。”

女人好像没听见，或者她在想自己的事情，所以，父亲没有听到她的回答。

我对租我们房子的女人更好奇了。故意开着父亲的房门，这样对面女人回家，我可以听到她开门的声音。听到她开门的声音，我就上去对她说：“这几天没事吧？听说那天厨房不太安全。”女人的短发乌黑，戴着一个看上去酷酷的黑超眼镜，衬得露出来的一边皮肤特别细嫩，但是在下巴那里墨镜没有遮住的地方，还是露出了一块伤疤。暗红色的。

她停顿了一下说：“这几天白天晚上我都锁着窗呢，没事了，要敲开窗玻璃再爬进来动静得很大，我睡得再死也不可能听不到的了。哈哈，上次还跟你父亲说我要是被小偷害了可是你们家的责任，把他吓坏了吧？”

我说："那就好，以前我一直住这房间的，很多年，从来没有出过事情的，你放心。这几年小区里外来人口比以前多了，流动性可能大了，不过总的来说还是安全的，以后只要有事你随时跟我们联系好了。"

我说她可以叫我父亲老徐，叫我小徐就行了。我还给她留下了我和父亲的手机号码。

她很高兴地收下了。

她说她叫小 Z。感觉应该是和我差不多年纪的南方女人。

我说那我以后就叫你小 Z 了。以后有什么事一定不要客气才好。

我一个星期去父亲那里一次，买点牛奶过去，看看有没有母亲的消息。

父亲生活上不缺什么，多年来他在外面工作生活，独来独往，早就习惯了照顾自己。

母亲偶尔会打我的手机联系，她喜欢现在的生活，她和善良的送水工去了另外一个谁也不认识他们的城市，她给一户有钱人家带小孩，小孩会走路了，活儿不多，也不用做饭，送水工照样给她所在的那个小区送水，下班了他们回到租住的小屋，那个人还给她做饭。

每个城市现在都面目可疑地相似起来，都有情况差不多的住宅小区。

所以，母亲的消息我也不用去父亲那里找，可能是回到自己从小长大的地方可以得到一种内心的安宁吧，我越来越不喜欢现在和白白住的望京小区了，那里有太多看上去分不出谁是谁的高楼，没有特点，没有性格，死板，住着很多韩国人，所以有很多韩国烧烤店。一到晚上，就能听到吵吵嚷嚷的喝酒行令的声音，据说韩国人在自己的国家吃不起烤肉，所以一到中国就大吃特吃烤肉，空气里弥漫着一种焦煳的味道。他们还经常喝醉，有时候楼道里电梯间都有呕吐物的难闻味道。

白白给我们买的房子在二十楼，有三个房间。只要他不在家，家里就空荡荡的，让人发疯。

我工作的出版社一星期有好几天都可以在家工作，通过电脑就可以报选题和在组里讨论工作进展了。

在家里时间一长，有时候下楼都觉得有点困难，常常坐着坐着，发呆，让黑暗把自己吞没了，完全吞没了。

慢慢地我觉得自己像待在一个空中的鸟笼中，水泥鸟笼。

白白如果不在家，我便会非常抓狂。会不停给他发短信，打电话。说我非常非常想他。即使他离开我不过才刚刚几个小时。我不是有多么爱他，只是习惯了有他在身边待着。我太害怕大的空房间了。那种空间，大到足以吞没一个人所有的力量和精神。

白白说我在给他打电话的时候声音总是装得很温柔，等把他骗回家我的声音就日常了，有一搭没一搭，有气无力，也并不是那么黏他，等他回家了，我的任务似乎完成了，就自顾自安静地去看书和看 DVD 了。

有他在身边，即使什么也不说，也能比我一个人的时候更能做得了事情，更心安。

有人说让一个习惯了有人待在身边的人再回到一个人的状态，无异于在她的身上抹上一道伤口。需要很多很多时间才能适应。而一个适应了孤独的人，也会不习惯和别人相处。

有时候我觉得母亲在父亲即将退休回到北京的前夕，突然和人私奔，她只是害怕再和一个她已不爱的男人开始长期相处而已。母亲是为了逃避和父亲的长期相处才逃走的。至于那个送水工，也只不过是起了一个儿子的作用而已。

我在家的时候，遇到过那个送水工，一个年轻轻就因为长年肩上扛着一桶一桶的水，而左右肩有点倾斜，肩上好像长了一个包包一样的男人。他脾气很好很好，五官清秀，喜欢笑，经常有什么乐开怀的喜事似的甜甜笑着，嗓门也大，声音清脆，经常在楼下就叫着几门几号的水来啦。

母亲喜欢和他说话，因为觉得他身上有股喜气，要不是有些这样的人来说说话，母亲会和那两间空屋子一样死掉了烂掉了的。那时候我忙于工作，父亲照例不在家，等我在望京的家里等待白白下班回家的时候，就一次比一次更深地理解了母亲。

我后来几乎是强烈地支持母亲和喜气包包说话，希望他们能出去吃点点心，散散步，看场电影，说说话，只要母亲能开心。

也许这是出于我的自私，喜气包包只是在代替我尽一点儿女应该尽的责任吧，如果他能比我更能让母亲开心的话，为什么不让他去完成这个任务呢？

让母亲快乐，那是她和父亲结婚这几十年来父亲从没给过她的东西，母亲曾经对我说，没想到她和一个送水的男人竟然可以有那么多的话可以说，流水一样，好像说也说不完似的。

父亲太不会和她交流了，年纪越大可以说的话越少。年轻的时候，说不开心了，父亲还会一脚把母亲从床上踢到床下去。他年轻的时候很暴力，自视甚高，长得也算英俊，可惜五十就开始秃头，比明日黄花更不如。

父亲年轻的时候眼里也没有母亲和这个家。他从来不带我和母亲出去玩玩，他喜欢独来独往，就像一个石头缝里蹦出来的人，不需要别人给他任何温情，他也没有任何温情需要施与别人。

总的来说，父亲是所有女人不该碰上的男人，碰上了就是噩梦。我是一个女人，更是他的女儿，我懂他，知道他是什么样的东西。

白白在家，在电脑前面的时候比和我说话的时候多。我还是会非常寂寞。可是就算寂寞，我也要早早结婚，这样才可以早早脱离开有父亲要回来的家。父亲是一个让我既恨又怕的男人，他是我在这世界上认识的第一个男人形象，也因为他，我想都没想就和第一个向我求婚的男人白白点了头。

从任何一个角度看白白都胜过父亲。

我只求自己不要像母亲那样惨。惨到临老还要和一个男人私奔，不知未来地过一天算一天，泥土里的萝卜掐一段吃一段，今天不知明天。

一样的，大家都会寂寞。

这个世界，谁又不寂寞呢？

寂寞的时候，我便以看望父亲的名义回去看父亲。

有自己的家，再去看望他，父亲对我也便不再介怀，不会觉得我会留在他的家里再也不走了。那样，父亲会感到不安全，好像我看上了他的什么财物。

其实，我只是想多点时间看到小Z。我对她总有点好奇。

父亲说小Z的门总是关得死死的，她不像那些楼上楼下的老作风的邻居总是习惯开着自己的门通风。

小Z总是在自己的房间里开着电视，或者开着收音机，能够听到各种各样的声音从她的电视机或者收音机里传出来，一般是娱乐频道或者调频立体声的音乐台节目。

父亲有次做了什么好吃的，叫小Z来家里尝尝他的手艺，但小Z没来。说她吃饱了。她好像不太做饭，到饭点就去楼下超市或者小饭馆走一趟吃饱后回家，有时带点吃的再回来。

父亲懊恼地说，应该趁我在家里的时候再叫她的，省得以为他这老头子对她有所图似的。我说小Z不会那样想的，她只是不喜欢去人家家里罢了，让父亲别多心了。现在城市里谁还兴到别人家去尝什么饭菜呀，又不是什么多熟的关系，我和我望京的邻居连招呼都不打一个，在电梯里碰见大家也都不说话，一低头就过去了。

父亲头发更白了，说："是呀，是呀，我是老早就该淘汰了，是垃圾了。你们都嫌弃我呀。"

哎，又来了。

我从来不和父亲说母亲的事情。在父亲的记忆里，也许想起母亲会是一个空白地带。我都奇怪，他们这两个截然不同的人怎么会成为一对几十年的夫妻。父亲闷半天也可以不说上一句话，母亲却是好动的，闲不住的。可是现在看看我和白白，我那么多情，白白那样木讷，两个截然不同的人现在也成了一对夫妻，我就不奇怪了。这个世界，太多的人和事情都是不搭调的。有什么是不可以接受的呢？

我一直觉得在我的两个家里，相互之间都缺少强烈的爱。我和白白的模式也许也受到了父亲和母亲的影响。父亲和母亲之间没有什么感情，父亲和我之间没有什么感情，母亲和我之间也有所保留，不然她不会宁愿去和送水工诉说也不和我说的。我和白白之间也没有强烈的感情，我依赖他，但这感情和爱不是一回事，我从来没有撕心裂肺般地爱过一个人，我们彼此爱得最多的都是我们自己罢了。父亲从来就只爱自己，这么多年来，他的工资的大半部分是留给他自己的，小半部分贴补家用。母亲也是爱她自己更多一点，不然她哪怕牺牲自己的幸福，也会坚持把这个家守下去吧。守下去，好歹还有个完整的家。我在白白家父母面前提到他们俩也不会感到羞愧。

当然我情愿有一个自私地爱自己更多一点的母亲，也不要她充满牺牲精神，待在家里为我和父亲做牛做马，忍气吞声，委屈自己内心的向往，慢慢地完全枯萎。这样地不想亏欠任何人，包括自己的父母，也只是出于一种自我保护，一种自私的爱。

我肯定是爱自己最多的，出生在80年代，谁不更爱自己?!

白白爱他自己肯定胜过爱我，那也没有什么，只要我还需要他一天，他都在我的身边。

可是，小Z你呢?我总感觉你是不同的。总是感觉你会有和我完全不同的故事。

父亲说小Z出去的时候，门上会有人挂上装着新鲜水果的袋子。上面还贴着几个字：保重，快乐！

邮递员已经来给小Z送过几次汇款单了，都是什么报纸杂志给她寄的。她是什么作家吗？上面怎么写着稿费的字眼呢？

以前父亲没有太多话题和我说，所以，说说小Z，并且他看得出我听到这个话题的时候提起了精神，于是每次我去就好像他是我安插在小Z身边的潜伏的特务，什么都事无巨细地向我汇报了。

当然这一切，小Z并不知道。

我开着父亲的家门，等待小Z回家的脚步声。

小Z你能告诉我你脸上的伤是为什么吗？

我只能告诉你是为了一个男人，被另外一个男人所伤害。

你恨那个害你的男人吗？

现在不恨了，因为他帮我考验了我自己心里的爱。

如果你因为伤而失去了得到你爱的人的机会，你会恨谁吗？

也不会恨了，因为我已经在爱，不管有没有结果，我的爱已经自我完成了。

那你还是会孤独的。

谁又不孤独呢？现在，一切还没有揭晓，我不孤独，可以天天和心里的爱人相伴在一起，已经很幸福了。

你能告诉我你那么爱的人是干什么的吗？

我不想说出来，他是我心里的秘密，心里的英雄。一个人独享他，直到他完全成为我的，直到那一天，我一定答应你请你来看我们，来见证我们的那个时刻。在北京的另外一片区域，他就在那里。他不知道我在这里，自从我受伤他就没有能够再看到我，我只是会隔三岔五地给他发短信，告诉他我的心声，却再也不在他面前出现。他求我为他现身，在他的一个很重要的日子，我心里很痛苦，但还是没有出现。我不能让他看见一个和以前不同的我，一个面部被破坏的我，我不要让他感到害怕和失望，我要尽一切的努力，忍受忍受忍受再忍受。所有的痛的过程，一个人全部忍受下来，再然后，我要以全新的形象出现在他的面前，眼前，让他重新爱上我，因为我的过去让他更爱我，让他和我再次长久地携手。于是，这一两年，是属于我和他的等待时间。我愿他和我都能经受得住上天的考验。

你想过没有，如果这一两年你在忍受和努力，他却因为旁边人的诱惑而动心，从此和你擦肩而过，你怎么办呢？

我不会怪他。爱过就是一切，他已经属于我了。昨天今天明天都是我的，因为谁也不会有我那么懂他，因为我对他的爱如此不同，即使他在别人的身边也会想起我，我有这个自信。我的爱有理由存在，并且永远存在下去。谁也不可能像我这样去爱他！谁能为他而体验到被毁的命运呢？！又有多少人能从被毁的命运中重新站起来绽开笑颜？！我不相信。要知道上天会馈赠那些从垃圾里重新爬起来微笑的孩子，会奖励一些别人拿不到的赠品给这些坚定的孩子，而我要的奖品只有他，只有他始终不渝的感情。不要别的，别的没有用，别的对我来说都是多余。谁又能像我这样坚定地追随他走向他呢？！他也明白，除了现在的我，谁也不能够，那个过去的没有受到损伤的我都不能够。有些风景不爬到一个高度你是看不到的。有些体会不吃点苦不付出代价你也是不可能体会到的。

当然这一切都是缘分都是命运，不是刻意安排模仿强求就可以走一样的路，没有人需要走一样的路，那样也就没有意思了。每个人都在自己的路上摸索前进，每个人都有自己的造化、梦想和心愿，舍自己的身才能够取自己的义。我也在取自己真经的路上，革命尚未成功，小Z还须努力。

你不怕你这样坚持的结果最后只有孤独吗？

小徐，你结婚了，你能告诉我婚姻里有什么吗？如果结婚后你照样会孤独，那是因为你从前也是一个善于孤独的小女孩。而我，一个人的时候也不感到孤独，我有很多很多事情可以去做，我有很多很多感情可以去付出和给予，有很多很多话想对他说，所以，我不孤独。一个人的时候不孤独，才能保证以后和他在一起了也不会感到孤独，只会感到锦上添花，感到甜美和幸福，感到一个长久的梦想完成的甘美，感到目标的实现就是行进在幸福中。男人的目标是事业，他不停地追求虚无缥缈的事业，不断在前进，而我的梦想就是有他的爱情，他的方向就是爱的方向，他所在的地方就是我朝圣的地方。他就是我的信仰，爱情就是我的信仰。相信他就如同相信上帝。把手放在他的手里就是放在上帝的面前，跟着他走，跟着爱他的感觉走，仿佛就可以走到一生一世。

我曾经可以完好无损地爱着他，接受他的爱，可是那时候我没有珍惜，没有好好面对。

一个年轻美丽的女人总是不愁没有人追求，所以她会茫然不知道自己心里到底爱谁，不知道谁又是真正爱自己的。现在我的脸和身体被伤害了，心里反而清楚了，知道自己爱的是谁，又知道应该怎样爱他了，知道了什么是爱，爱情原来就意味着等待和付出、奉献和永远。不管他还是不是爱我，心里还有没有给我留位置，我都不后悔，都会选择坚持和等他，等他回来，等他召唤，等他想起我，等他重新爱上我。爱可以是一个人的事情，当然最好是两个人同时进行。

我现在不能见他，所以爱就变成了一个人的事情，变成了我独自在心里进行的事情。我很享受现在对他的感觉。

当然更希望手术快点完成，让我对自己满意，满意到可以去找他，去勇敢地出现在他的面前。去接受和说出自己对他的感情，去面对和完善从前来不及对他表示出来的好。

如果老天有眼，我想他应该也会被我对他的爱情感动，被我每天在心底里的祈祷感动，应该也会赐我一个有他的前途和未来，给我一个有他相伴的明天。因为在这世道，我的感情很难得，我的爱很难得，我们的过程很难得，我们应该有好的结果。一个苦苦求索和追寻的人会得到他要的答案和结尾。

你知道吗？在变得不好看的这一年里，我是多么完整而且沉静，只有我自己发现和体验着这个变化。一心一意的，心无旁骛的。有时候我情愿变丑，为了使自己能够不受打扰地爱一个人。

真的，以前我喜欢一个人那么容易就被一个新出现的人打断，太容易受到诱惑和吸引，心静不下来，就像蝴蝶总要飞向不同的花朵，蜜蜂要采很多花的蜜，我也以为我不可能只爱一个人，不可能为谁停留我的脚步和我的心。可是，当我变成一个戴上墨镜才能出门的女人，世界对我关上一扇窗，却也有另外一扇窗对我重新开启。那就是——原来停在表面的爱，走向了深度，我越走越深，沿着一条道越走越深，走进了我爱的人的内心深处，看到了很多以前没有看到过的风景。

这一年，我和他之间没有人打扰。

我很高兴。

想诱惑我的人再也诱惑不了，我破碎了，但是也得到了重建，内心有了定力，谁也左右不了。我再也不要像以前那样一路走一路丢，捡了芝麻，丢了西瓜。最后走到头才发现两手还是空空如也。

我庆幸醒来还是及时，老天用重创的方式让我清醒，在还不算太老的年纪。

我还来得及对他说我只爱你，只愿拥有你，你是我心目中不变的男主角。所有的甜言蜜语我只愿对他倾诉，好像我出生就是为了对他说出我心里的那些话，我知道他很孤独，而且孤独的时候不愿意和我说，他只愿意拼命地投入工作，疯了一样夜以继日地工作，来忘却自己和忘却见不到我的痛苦，来平息他生命中的冰火两重天。

我愿意像现在这样一心一意地感受着他的孤独和快乐，所有的细胞都在为他一个人开启，当他的声音午夜的时候在我耳畔突然响起，那就是世上最美的音乐。

我问他以后我们见面的时候会不会也习惯了手里拿着一个手机，因为已经习惯了对着手机话筒另外一端的那个人，也许真的见面的时候都不习惯两手空空地对望，不习惯面对着对方的眼睛互诉衷肠，面对他我可能一句话也说不出来。只是沉默。也许可以有动作，梦想中已经一次比一次更激烈更要命的动作。他让我很柔情也很暴力。很黄色也很粉红。他让我五颜六色，又纯洁万分。花枝招展又亭亭玉立。

从来没有一个人在认识三年多后还让我如此揪心和

牵肠挂肚，从来没有一个人让我想到他如同初恋般感觉美妙和动人，从来没有一个人让我如此等待和期盼。从来没有一个人，竟然让我愿意打碎，然后为他重生，重新塑造一个自己，带着全新的记忆然后重新走向他。让生命和生活从此和他捆绑在一起。

他让我发疯，他千变万化，他始终如一，他沉默如金，他热情如火，他浪荡，他坚贞，他伟岸，他脆弱，他丰富，他又单调，所有反差极大的事物都是他，所有以不变应万变的东西都是他，他让我没有道理可讲，他使我失去自我，刚刚说过的原则马上就可以为他改变，不破不立。在他面前，我是泥，用水打湿，可以随意捏出新的形状，为了他，我没有我的喜好，所有的喜好可以因他而起。我没有规律没有原则，没有目标没有梦想，因为他就是我的规律我的原则，我的目标我的梦想，我的宗教我的信仰，我的一切一切。

我从来没有品尝过这样极端的感情。

以前我真的很任性，对待感情就像一个小女孩要的糖果，喜欢马上就要得到，得到了也便不加珍惜，因为我很快又有了新的玩具和糖果。可是现在，我只要他一个人，一个玩具，一块糖果。我懂了“弱水三千，我只取一瓢饮”的意思究竟是什么。不要贪心，不再贪得无厌，原来一个人原本很容易感到满足。原来一条道走到黑其乐无穷。原来不是我以为看明白就可以的，看明白还会在一条老路上看到无限多的新风景。

我就要走在老路上，我就要让所有的人都知道我，但不知道我是谁。

我将为他拥有新的脸，新的容颜，带着全新的记忆，我愿意为他重新活在此生。

以前的生命似乎已经结束，以前的情感，以前爱过的人，以前走过的路，以前住过的房子，以前用过的家具，以前看过的书，我都愿意做个了结，用一年的时间做停顿，然后重新开始。

我在为他重新开始。

我很高兴在做着这一切。

我很高兴他知道我在为他做着这一切，然后一起等待再见的那一天。

他时刻在我心里，我们之间没有别人，一切时空都没有距离。

他是我每天早晨醒来和晚上睡觉前想到的第一个人，唯一一个人，最重要的人。我的生命主宰，我的神。在认识他一千多个日日夜夜之后，我一天比一天更深地明白。

即使没有他，其实能够活着已经很好了，我比你年纪大，相信我，能健康活着已经很不容易了。

因为发生了很多事情，我现在看着这大街上的人，看着活了很多很多年依然完好无缺，没有缺胳膊少腿，下雨天没有被雷和闪电劈着，坐飞机火车没有飞机掉下来火车脱轨，坐公共汽车没有被火烧，没有遇到地震海啸山洪，没有得抑郁症自杀，没有得绝症，没有遇到劫匪凶手亡命之徒的所有健康活着的人们，这是不容易和难得的。和缺胳膊少腿，失去生命比起来，我现在要依靠整容才能重新得到容貌，这算得了什么呢？什么都要付出代价的，如果我的爱要通过这么一个失去、修复和重获的过程来让我明白和懂得珍惜，那我毫不犹豫接受这个命运，只要我能够得到他，我的爱让我付出的代价越大，我将越珍惜，越爱他。

这是一次赌博，如果我能找到的医生都不能给我恢复容貌，那么，我会远离他。自动放弃我对他的爱情。但是只要有一线希望，我都要争取，都要努力，都要梦想着老天再次给我美丽，让我有勇气和希望回到他的身边。好好把他拥有和守护。

如果我不美，不能美了，我就会离开他。不再参与他的生活，只是远远地看着他的照片，听着他的消息，而再也与我无关了。我不是说他就是那样贪图我的美，因为我不美就不再爱我。而是，我自己过不了我自己的关，爱情是一件美好的事情，我希望在这件美好的事情里面没有缺陷，所以，我不容许一个走向他的女人不美，只有美的女人才配和他在一起，只有完美的事情才是我的期望和梦想，人活着总要有自己的梦想。所以，让我赌一把吧。

但愿老天成全我的梦想，为了这个，我天天祈祷！

后来碰到了一个来自青海的修行人。我认他做师父。他是那样慈悲，有爱心，从不批判你，让你感觉他是完完全全地接受你，毫无保留地爱你。

这世界上的好与坏都是相对的。

这一年经常待在医院，医院也不再完全可怕，医院里也有非常安宁美好的一面。特别是黄昏的时候，医院里闲杂人等该走的都走了，只有很少的值班的人，还有病人，各想心事，仍然在吃喝拉撒，渴望活着，空气中有淡淡的消毒药水的味道。

在医院待的一些时光，经常在我的记忆里回想起来，和现实中奔波忙碌于各种欲望的人比起来，医院里的人有时候反而更显得现世安稳。

甚至于那些伤痕，一想到那些伤痕总有一天会离开我，伤痕也变得可亲可敬起来，它们陪伴在我脸上身上的那些记忆，都很难得，都很留恋，没有什么东西是完全不好的，没有什么人是完全属于恶的。

是的，现在我懂得了珍惜和感恩。

小 Z 的强烈感情让我突然之间有了想哭的冲动。我已经很多年不知道流泪是怎样痛快的一件事情了。很多年，我的脸上总是没有表情，眼睛里总是干涸，白白在我的身边或者离我远去，也许也不能使我流泪，他只会让我埋怨抱怨，而且我相信他绝不会离开我，离开我他能去哪里呢，我不相信他有这本事。

我对白白的坚信和小 Z 对爱情的态度是一回事吗？

我和白白的感情也属于爱情吗？我真的有点糊涂了。

小 Z 说唯有痛能让她记住“我爱你”。

爱，就让她从此在身体上和脸上留下伤痕。特别是为了他留下的伤痕，那些就像是一些属于爱的勋章，爱的纪念章。

是的，相比较我这样正常生活的人，她把自己的日子过得一团糟了，有家不能回，有爱人不能见，还要面临一次又一次残酷的手术，可是因为她心底深处有最爱的人，一切的苦不再是苦，她愿意，她面对，她接受等待。勇敢而又美丽，他和她有了漫长的过程，经历了刻骨铭心，不会再无缘无故消失不见，不会再随便犯贱，不加珍惜或者随手扔弃，不再如同我和白白，一切顺利但是苍白无力。

我现在已经明白爱是一条一直在往前延伸的路，没有人能够阻挡它的脚步，每个人都需要爱，即使我的母亲，即使她遇到的只是一个送水的工人。有爱的人都应该受到保护，老天都应该让他们得到幸福，梦想成真。在爱情面前谁不渴望奋不顾身，纵身一跃？只不过是有些人还有勇气，另外一些人偃旗息鼓罢了。

我对小Z说，第一次见到她我就觉得她是一个有故事的女人，而故事总是要付出代价的。

小Z惊讶地说很多年以前，她写过一篇小说，发表在一本叫《上海文学》的杂志上，小说的结尾就是这样的一句话：我预感到我将成为一个有故事的女人，而故事总是要付出代价的。

我坏坏地笑了。

我说我看过你的很多小说，其实我一直是你的读者。我还给你写过电子邮件，去你的博客上留过言。

啊，难道你就是那个“也是小 Z”？

2009 年 10 月 17 日　北京南三里屯

# 22

## 真相

离开这个城市八年之后，她再一次躺在这个城市某家医院十六楼的病床上。

不久之前，她身体的某个部分刚刚经历了一次局麻手术，这几年，她似乎结交了痛星——某位掌管痛苦的星宿。每年几乎都有一个原因，她被人强行送进医院。有时甚至是在昏迷中被人叫了救护车送到医院。医生给昏迷中的她施行了手术，为了防止她在手术过程中因为憋气死去，他们还切开了她的气管——这些人真是太善良了。等昏迷两天后她醒来时，完全不知道自己身在何处，她发现自己无法开口说话，她拼命发出声音，可听到的是自己破嗓子眼处冲出的一种嘶哑的气流。她看见自己的四肢也动弹不得，身体的某些地方被缠上厚厚的白色绷带。

这样的生活不能不让她感到荒谬。她开始意识到冥冥中操纵一切的翻云覆雨之手，总有一天所有人将在它的操控下被直接送到永恒的虚空中去，再也不用苏醒。

她很害怕局麻，打进去的时候极痛，痛感消失之后，就会有带着凉意的手术刀划开她的皮肤，然后是剪刀剪开肌肉组织，剪掉粘连的部分。“嚓嚓嚓”，恐怖的血肉分离的声音，恐怖的感觉，仿佛她成了一架人肉机器。没有人在乎她的感受，没有人担心她的内心隐秘。她听到这座城市如同一个曾经被她弃他而逃的男人一样，在她的耳边温柔地对她说：“小孩子，谁让你不乖呢？如果不离开我，你原本一点也不会受伤，我天生会保护你，你以为你长大了可以靠自己去外面的江湖，可是你错了，我还没有教会你爬树呢，你就以为什么都学会了吗？外面的世界是那样好混吗？我知道有一天你总会撞得头破血流地回来。我担心你想回来的时候却忘记了回家的路。江湖险恶啊。”她在一种呢喃声中昏昏沉沉地睡去。

终于又回到这个城市的怀抱里，听到温暖而熟悉的方言，她感到亲切、安全、简单、舒适。

浮云聚散，人生无常，一切都是过程而已。

她遇到了一个好医生，答应帮助她使她的容貌恢复到原来的七成。在经历无数医院和手术之后，有大医院的医生甚至对她说不要再浪费钱在脸上了，再整也不会美，不如就在来医院做手术的男病人中找一个结伴过日子算了。

在整形医院和烧伤科她遇到过各种人间惨剧，有的脑袋像大头娃娃，有的年轻时候是公共汽车售票员，车子起火了，他救了很多乘客，但自己全身上下几乎没有一块好皮，于是他的人生从此改变。不用上班了，当年被评为市里的英雄，现在人们也淡忘了那些荣誉，公交公司让他掌管一个体育彩票的摊子。工作是轻松的，一生做了几十次手术，费用都是公司出，到现在样子还有点怪，以后再也不想让医生动他身上任何一块皮肤了。苦头是吃足了，他给她看年轻时没有出事前的照片，风华正茂一青年，和面前的俨然是两个人。

她当然不可能就为和某人搭伴过日子而选择谁匆忙结婚，并不是讨厌同是天涯受伤人，而是她还有另外的人生使命未完成。

一次次的手术真的很麻烦，主治医生说第一年为了防止她受损的眼皮在睡觉时合不拢对视力造成影响，右眼就必须要经过几次眼皮部位的植皮和修复。

植皮的麻烦在于植浅一点的皮，容易存活，但是效果没有植厚的皮效果好，植厚的皮又要承受不能成功的风险，如果不成功，那么不但白白经受了这么一系列的生理和心理磨难，还要在胳膊或者大腿、肚子上的供皮处又多一道伤痕。还要解决又难以解决的问题是皮肤的挛缩，现在看着做好的手术，但是经过几个月，移植过来的皮肤会发生挛缩，那么本来平复的地方又会发生变化。拿眼皮来说，这时候只有一个办法，在植皮手术之后把那个眼睛缝合上三个月，让它不见阳光，度过皮肤的生长挛缩期，这样再睁开眼睛的时候，那块缝合的眼皮基本上已经稳定了。

皮肤的磨难还在于病人最好是使用自己身体上的皮肤，离伤口最近的地方提供的皮肤最容易存活。国外也有在小猪的身上先植入病人的一小块皮肤，然后小猪的皮肤上就带着病人的皮肤的细胞，这样生长起来的皮肤再转移植到病人的身上。病人因为自己没有皮肤了，只能采用这样的方式，虽然时间长，但也是有存活的希望。很多人用的是自己的头皮，头皮就像韭菜一样割了还会再长。

听同科的很多资深病人介绍过自己的治病经验，医院里的人早晨很早就开始活动，中午休息，晚上还有大把空闲的时间需要用到处串门和闲聊来打发。取经的、介绍药的、讲自己的故事的、打听找哪个医生的，各个病房之间有时互搞“大串连”，忙得要命。

他们受伤的故事千奇百怪，简直可以写一本百科全书。你能想象到吗？小时候睡在床上的孩子被老鼠咬掉半个鼻子，或者父亲开啤酒的时候酒瓶盖子弹起来削掉在旁边的女儿的半个鼻子。洞房花烛夜，一对新人在罗纱帐里沉沉睡去后，喜烛倒向纱帐引起的大火烧得新娘新郎鼻孔黑黑，双双只能坐在轮椅上被推进医院。工厂车间里的工人受伤是最常见的。七八十岁的老太太坐在家里看电视，电视机竟然突然发生爆炸，老太太脸上身上都给烧坏了，临老还要受这么大的罪。孕妇为了孩子一动不动不能打麻药只能硬挺着挨过所有痛苦。开小食铺的姑娘站在路边给顾客下面条，一辆司机醉驾的桑塔纳突然把她撞倒，下面条的大锅翻倒在小姑娘的身上。小孩子仰着头去拿桌子上的热水杯，热水突然翻倒在他的脖子上，于是长大后他的头和肩膀就被增生的疤痕牵连在一起，脖子歪了，无法正眼看人。中年妇女烧开水，冲水瓶的时候突然失去意识，热水都冲到了自己的身上，她的脸看上去很正常，一问她为什么要来医院，她撩开自己的上衣，整个上身都是纠结在一起的伤疤，奇痒难忍，她隔一段时间就要隔着衣服在自己的身体上乱挠乱掐一通，恨不能把皮肤都抠破了才舒服一点。

还有一个嘴巴没有嘴唇只剩下一个方方的洞，整天只能咧开嘴的二十岁男生，他看上去活像麦当劳门口坐在椅子上的广告人，面目奇怪。父母开汽车修理厂，汽修厂的什么东西发生爆炸，引起了火灾，把当时在场的六岁孩子烧得面目全非，眉毛眼睛鼻子嘴都没有了，脸上该有五官的地方都是光光的，眼睛没有眼皮是两个小洞，鼻子是一个疙瘩，嘴变成一个再也合不拢的大洞，牙齿暴露在外很容易就显得脏脏的。小伙子自己很乐观，即使这样也很喜欢和别人交流，给大家看他身上的雪白皮肤，说这么好的皮可惜没有长在脸上。他的母亲担心他找不到媳妇，经常暗自垂泪……

生命有些时候很脆弱，但是又以你无法想象的坚强形式存在着。不管是悲剧还是别的。太多的悲剧，也许，病房里才是真实的人间。

生活在平静无波的底下全部是反复无常，以及冷酷无情。

这里是和平时歌舞升平完全不一样的人间，是和桑拿房、夜总会、台球厅、游泳场、游乐园、酒吧、咖啡厅、舞厅、大卖场、花园酒店、泰国餐馆、三鲜馄饨店等完全不一样的人间。

病人们性格不同反应也不一样，有的整天不发一言，躺在病床上发呆，有的已经是在医院里进进出出的老油条了，有的是工厂有后台不用像有的病人单枪匹马还得愁医药费和手术费用。有的男病人和女病人竟然一边看着自己身上或者脸上的伤顺便谈成了恋爱，这样也挺好，互相安慰，以后结伴看医生也更方便。

在烧伤病人看来，皮肤是比金子都要金贵的。因为每一次手术背后都需要非常多的时间、精力、金钱来支撑。一个病人在医院里躺着，家里人在旁边忙碌，没有家里人就得请陪护的工人，一天花费几百到一千元是很正常的，这还不包括手术和药的费用。每一次手术，消耗都非常非常大。

那一个年轻时在公共汽车上做乘务员的男人，二十年前的一天，他所在的公共汽车着火了，他冲进火里救出了七个人，自己也成了全身百分之九十五被烧伤的“魔鬼”。才二十八九岁的年轻人，刚刚结婚生子，幸福的生活从此与他告别，即使他被评为当年市里的十大劳动模范和先进分子，可是大家看他的眼睛都带着有色眼光了。

他当然不再工作，除了在家里开了一个体彩彩券售卖和兑奖的小卖部，参与一些他所在的城市残联领导的工作。这二十年里他就是不断在身体的各部位做各种各样的修复手术，公交公司会给他这样一个劳模买单，但是几十次手术之后，他看见医院就想吐，甚至有时候躺在来接他的手术车上，车推到手术室门口时他就害怕得不行，完全没有勇气再躺到手术床上。每一次手术之后，他都在心里发誓：医生下次再要取自己一丁点哪怕是指甲片大的皮肤他都不愿意了。

前些年，国内治疗烧伤的技术还不像现在这样有很大的飞跃，那时候一般不是美容，整容只是帮助病人完成康复型的功能恢复，所以即使出院，能走路、能出门了，从脸到身体却坑坑洼洼，惨不忍睹，脖子因为疤痕牵扯只好歪着，到饭馆吃碗面条邻座的人看到他都会逃走。

现在好很多了，最起码脖子脑袋五官都回到了正常的位置。那些原来粗壮发痒的疤痕，随着时间的流逝，也已经雄风不再，终于平淡偃旗息鼓，这是一场人与疤痕的较量，他们这些成年之后受伤的总好过那些刚出生一丁点大就遭受磨难的孩子，他们毕竟还有过健康的好时光，可那些孩子怎么办呢，还没懂事就要遭到旁人诧异眼光的刺激，从来没有正常地过过日子就一直在和医院打交道。太惨了。

人怎样才能不被意外击倒，谁又能保证这一辈子自己完全不会遭遇意外呢？

二毛还需要在自己好的皮肤下面埋入几个皮肤扩张器，每个星期到医院里让护士往里打水，这样打两个月，那个扩张器所在的小球已经鼓鼓的，变成很大的两个小气球挂在脖子上，必须用纱巾遮住，不然远看像是脖子那里长出了很大的瘤子，不知道的人都会以为是长出了瘤子，但其实里面注满了药水，每天睡觉都要小心，不能把这些球压破了，不然那些扩张后长出的新的皮肤可又要没用了，那一两个月吃的苦不就白吃了吗？

好不容易，可以拿掉扩张器了，那些扩张出来的皮肤也可以移植到需要的地方，移植过来的皮肤会缺乏弹性，使表情不自然。讲究完美的主治医生便要花大力气想办法用扩张手术把原来移植的皮肤全部换掉。这个过程就牵涉到两次大的手术，其间相隔两个月。这是最为关键的一个大工程，医生说这是给她的脸部装修搭上脚手架，架子搭起来，以后那些小的精装修的工序才能够得以展开。

可惜当初出事后她去的医院不能直接给她做后面的工序，他们只能先给她植皮，把创面封锁了以防感染，有些医院是只顾抢救病人的生命或者只管患者的功能性恢复，他们完全不管美不美。

等病人活着走出医院，他们自己会对自己的容颜有更进一步的要求，只要经济许可，有的甚至借了很多钱去上海、北京做美容手术。现在的社会，一切追求速度，事故频频发生，不管是普通人还是明星演员、商人巨贾、政客、科学家、司机、技术员……

车祸、意外、烧伤和开水从头冲下的烫伤，鸡汤翻到自己身上的孕妇，特别是家人看管不到的小孩子经常被开水和热汤所伤，他们是最可怜的，除了用哭声表达对现实的无奈外做不了别的。各种各样的不幸患者使各城市的整容整形医院人满为患，别提还有很多仅仅为了自己获得更多机会而去让自己变得更美的人。

一步一步，万里长征逐步开始。

一个脸那么小，上面也就简单的五官，一旦毁坏，要重新修整，每一步都要花费万千心血，每一步都如履薄冰，因为每一个步骤都有可能失败。成功的原因只有一个，失败的原因却有很多，诸如医生的阅历见识水平不够，病人自身的皮肤愈合能力差，甚至手术当天的麻醉药，护士不小心的一个动作，拿错了线……谁都不希望失败，不管是医生护士还是病人家属，一旦失败，一段时间的努力前功尽弃，又要鼓足勇气从头再来，没有超强的心理素质简直完成不了。

最主要的当然是要找到一个好的医生，他要有丰富的手术经验，完全像上帝那样从全局把握问题，能站在患者的角度认真去规划手术的程序，那样可以节省很多时间。不然一次手术可以完成的他偏偏不肯，每次只完成一样，那么每隔一段时间就要多进一次医院，那么困难不就又增加了一层吗？

当然，植皮手术有一个三个月到六个月的恢复和生长期，欲速则不达，有的时候又不能听凭患者的求好之心。所以医生和患者的沟通非常重要。最怕的是遇到那种只顾做完眼下的手术，至于手术的下一步和给患者造成的后果和影响完全不管不顾的医生，那种医生属于流水线操作工。没有仁者之心的人当医生，不能设身处地地理解患者的隐痛，这种医生被患者碰到了是患者的不幸，但是患者如此之多，你要医生三头六臂记挂每一个病人那显然也是不可能的。医生也是普通人。医生和患者，一个站在明处，一个心里完全没底，一个站在高处，一个低低摸索，内心的痛苦不能被一个很好的医生聆听和分担，那么病人的压力又会多了一层。要承受身体和经济上的压力，还要面对一切不可预料的影响因素，如医生的医术，手术后的效果……

自暴自弃的话，很容易就说算了，不想花那钱，不想吃那些苦，不想再变漂亮了，漂亮遥遥无期，考验却无止无尽。太难了，真的太难了。

很幸运，在这方面，她遇到了生命中的贵人，遇到了很好的医生，他比二毛更爱惜和善待病人身上的每一个伤口，在治疗过程中他们成为无话不谈的好朋友。选对了医院，每一次手术的成功率就会更高。她的肤质非常好，术后皮肤的生长速度让医生都大为惊叹，愈合能力超强，皮肤好像是无数特种兵细胞组成的，指哪打哪，只准存活不准失败。还不是疤痕体质，不然疤痕会变粗，还会发痒，太折磨人。

她比一般人更为坚强，在很多风平浪静的当口会脆弱彷徨，而真正的磨难和绝境到来了，会挺住，绝非温室中的小花小草，能扛住一次比一次更猛烈的风雨，也许，只是为了让在天堂的母亲不哭，为了母亲的坚强才要更坚强地挺住，绝不倒下。

有一段时间，每次做完手术，她都需要每天挂消炎药水，十八天里挂了三十八瓶药水，当然里面还包含要补充的维生素。每天被人扎针，几乎培养了一种烈士情绪。护士的针头每每扎进胳膊，二毛都会默默地对自己说："我有罪。"带着低头认罪的感觉去体会针扎的痛，心里会好受一些。痛苦也会变得实在一点。还可以背诵"天将降大任于斯人也，必先苦其心志、劳其筋骨、饿其体肤"。

比痛更让人难以忍受的是什么？是痒。当消炎药水挂到第三十五瓶的时候，身体终于不行了。突然在某天晚上她全身奇痒难忍，还以为是床上爬入什么蚊虫，立刻让人更换床单被套，涂抹各种花露水。奇痒如同古代在犯人身上放一千只蚂蚁的酷刑，蚂蚁们在身上四处活动，犯人就只有就地打滚，最后遍体伤痕地死去。如同古代的犯人，痒起来的时候立刻用指甲挠遍全身，恨不得皮开肉绽，用痛的滋味来掩盖住痒的折磨。

痛是实在的，有多少就是多少；痒却很虚幻，一会儿上下，一会儿左右，一会儿来，一会儿去，像空气中一个武林高手的进攻，不知用哪一招才能击退他。只有挠挠挠，抓耳挠腮的猴子身上痒起来一定很痛苦。旁边的病人都叫二毛不要挠破，因为指甲里也有细菌。这些全知道，可一痒起来，什么都管不了了。背部大腿被挠出一道道的伤痕，红肿刺眼。医院当然不会让她就地痒得死去，他们用抗过敏的针给她打，含有激素，一针打下去，痒慢慢停止，胳膊显得虚胖。终于可以再次睡着。没有痒打扰的睡眠原来那么幸福，被痒折腾的人是那么疲累难支。

第二天，因为不能确认是否是消炎药水过敏，护士换了另外一种消炎药水，继续挂。

晚上奇痒再次难忍，她又被架上古代的酷刑，让蚂蚁在周身爬。然后是再打针。晚上抗过敏的针没了，只能打另外一种两小时后起效的针，于是那一夜，挠痒痒挠到了天明。等天亮护士上班了，领了激素针继续打。可能身体有了抗药性，打下去也没有第一次那样管用了。二毛开始拒绝挂水，也不要打任何针。痒意时时袭来，而她越来越像一个临危不惧的烈士。

旁边的人说医院里创收全靠手术过后每天几百元钱的药水，不打针不挂水，他们一天收你那么点床位费怎么行呀？

医院里充满悲惨的事情，却经常如同病人脸上身上包裹的纱布，纱布洁白一层层遮住了丑陋，遮住了真相和血肉模糊的伤口。病房里显得平静安详，只有每天三次清理创面和换消炎药的时候，烧伤科楼道各个病房里才会传出此起彼伏撕心裂肺的叫喊声。除此之外，一切都被蒙蔽了，即使是最亲的人，也看不到那些血淋淋的伤口。

最大的痛是在伤者心里的，旁人看不到的。

念有一天给二毛带来一个小型录音机，她说有一个叫大林的人很想见她，但是医院不准外人来探望，念也说二毛暂时也不愿意见人。所以他只能托念把这录音机和一笔用作治疗的钱带给她。

念问她，要不要退回去。在美国和中国的银行工作，老是给她谈理想画饼的朋友也托人送来钱，还说自己想来探望，但她让念把他的钱和人都婉拒了。从前希望他能救她的父母和弟弟，那时也许愿意为了自己的家而把自己换作商品，但现在，商品彻底毁了，倒轻松了，不再背负家庭的重负和压力，像一个蜗牛拖着重重的壳。家庭是原罪，父母是债主，而现在债主不在了，她也变质了。

内心不再感到负罪。现在她又回到了个人的状态，回到只用对自己的心负责的那种处境之中，于是回到自我的那种状态。对只在彼此的精神世界里来往的大林，在她最不好的时候（受伤前那段整天恍惚的状态她也没有告诉大林）不想让他看到，他送来的心意，她没有拒绝。她愿意接受善意和爱她的人的好意，却不想欠任何不爱的人的钱和情。一旦有爱，就觉得互相之间的感情非常金贵，值得出任何价钱来回报。愿意欠他们的，在无力软弱的时候欠他们的，也挺好，感觉又多了一份支持和力量。

心里充满暖意。

欠大林很多很多，无以回报，没有告诉他，自己悄悄藏着这样一个秘密：做了一个又一个有关他的梦，甚至偷偷在纸上记录下来：某月某日，做梦做到和他干什么，醒来记得梦中和他相见的背景是一幅古代的《祥瑞图》，有故宫的屋檐和仙鹤以及祥云飘荡。

某月某日，醒来梦中全是和他前女友在他们以前住过的房子里的镜头，在梦中向他的前女友认真打听有关他的种种问题。

某月某日，梦到他说要和自己在深圳小梅沙海边举办婚礼，他要她说个誓言，甚至在梦里叫着他的名字说，生是他的人，死是他的鬼。

这一份梦里的承诺沉甸甸，很重很重。

不拿任何不投入感情的人的钱，因为不爱，所以不欠。

# 23

# 落在她身上的火

再回到当初的伤。

落到她身上脸上的火，还有她的伤，很多人奇怪到底因何而来，难道真的预示着二毛是凤凰涅槃？老实说她自己也说不清楚。自从忍痛处理完母亲 2008 年 3 月的丧事，到 6 月左右她就经常神思恍惚，抑郁症老朋友又来找她了。她感到害怕，但不想和当时唯一保持柏拉图式感情的金大林说。

那时候她住在北京望京的二十楼公寓，阴森森的水泥长廊，出来就不想回去，回去又不想下楼，极度不健康，家里放的老家具很多，阴气重，她还病急乱投医，晚上念《心经》，房间里空气中更是弥漫莫名的气息。

她知道自己不行了，电话联系心理医生和老中医张大夫，可是很多朋友就是这样，当你真正需要他们的时候他们恰好很忙，就像你等什么车那个车就不会出现，你不等的时候才会频频经过你面前，法国人会耸耸肩说这就是人生。于是她想到了一个副导演，以前的追求者，可以跪下来给她系鞋带、做饭、做任何事，扬言照顾二毛是他的职责的人。和他不再见面已经两年，他的确曾经鞍前马后对她关怀备至，可是有些细节让她看不起他，比如每天会记账，包括和她在一起花的钱。那时候他们已经去拍了一套婚纱照，可是他的这个细节让她反感，她没有想过他要管一个电影摄制组的日常开销，不可能做到很大方和不记账。他的谨小慎微、抠抠搜搜和她以前有过的男朋友很不一样。

后来，她让他搬出她望京的家，并且告诉他，一共花了多少钱，她会一分不少全部打到他卡上。那个人以为不可能，婚纱照都拍了呀，二毛说她会去婚纱店里解决，让他不用管了。后来她果然把他花的钱打到他的卡上，然后在婚纱店把有他的合影全部删掉，只把自己的照片洗了出来。这就是她当时的粗暴方式。

副导演当初是以他服务的某大导演需要一个编剧合作新电影的名义接触她的。他们看了好几遍她的《北京流水》，副导演给她准备很多影碟，带她去大导演的电影工作室，和大导演见面，还和他的演员夫人见了。一起去他的家吃饭，墙上挂满导演收藏的各种油画，他自己也画得不错。果然如传言所说演员夫人非常贤惠，四川保姆做的饭菜也非常好吃。很意外的是，他们夫妻俩为了让她感受自己家里的音响如何立体，还带她去他们的卧室参观，听音响。二毛觉得大导演看了《北京流水》，书中提到了距离他很近的同代人，拉近了他和她的距离。他对她没有防备，也没有陌生的感觉。

听了大导演几次讲述他想拍的故事，她也几乎答应合作那部名叫《深水炸弹》的电影剧本。可是对副导演的鄙视、看不惯让她小姐脾气来了，一切终止。副导演写了半年短信息纠缠，后来也消停了。

此时她被抑郁症老朋友看望，家中阴气又多，她寝食难安，就给副导演打了一个电话，他刚好从远方出差回北京，还在地铁上，立刻往她家飞奔而来。

当天晚上他们还去了鹿港小镇吃饭，在那里又遇到一个邪气的北京女律师，整天扎一马尾，全身黑衣裤——同样的黑衣裤她买了很多，看上去好像从来不换衣服。因为做律师时在刑场上看到几起犯人在她面前被枪杀脑浆流出的现场，后来她改行做行为艺术了。看到她，二毛本来就糊涂的脑子更变得不好使。

副导演和马尾黑衣女互留了电话，然后她都不记得被副导演怎样呵护着回到望京的她家，她只要求他睡在外面的床上看护她，他一口答应。还给她吃刚从外地某个乡间带回来的青果。

那夜就是如此，再醒过来时她已经在医院的 ICU 病房待了两三天了，家乡的亲戚们已经赶过来，还有她的几个闺蜜女友。她的喉管像电影《黄金时代》中的萧红一样被切开，无法说话，据说脑袋肿得像一个很大很大的肉球。舅舅见过她的样子，晚上说梦话都在一直叫着大头娃娃，大头娃娃。

她只能看到自己全身包裹成白色，脑袋也是，腿脚都是，对面还有一个大力水手一样的烧伤病人正在嗷嗷叫着，护士正在给他换纱布。

闺蜜给她纸和笔，在她问她怎么会在这里的时候，告诉她那天副导演跟她回去的凌晨，她本来说出来喝水，他看她很久还不从厨房出来，就跟过来看。

厨房连着一个小阳台，他惊愕地发现她已经被一条白纱巾吊在阳台的晾衣架上，腿搭着地，但脸已经憋得有点青紫，于是他就找刀，没找到，只找到他从前在厨房里做汤的时候留下的一个打火机，就用打火机点燃了那条纱巾，火势立刻不受控制，她的头发、身上的睡裙都烧起来了，他更慌了，用旁边做菜的锅接了自来水一盆盆往她身上倒，最后倒在地上一直没有声音的二毛身上的火全部扑灭了，为了逃避

送去医院又要花钱的残酷现实，他丢下了那一筐青果，连门也没关上就屁滚尿流地逃走了。唯一良心发现的是他给前天夜里留了电话号码的黑衣女行为艺术家打了一个电话，说二毛出事了，让她赶紧过来救她。打完这个电话这个孙子就逃走了。

女行为艺术家又给住在望京旁边的二毛的女友纪元打电话，她立刻开车来了她家，同时叫了救护车直接过来救人。进门的时候发现四处无人，二毛蹊跷地躺在厨房旁边的书房里，被一部自行车压在身上，脸上身上到处是粉红的烧伤。头发烧没了，脸上和嘴里全是烧过的黑色灰烬和渣粒。为了防止窒息，抢救的时候他们割开了她的气管。

她第一次知道想说话说不出是什么滋味，气管对着空气，嘴里说话都从气管里喷出，而且不知道哪里来那么多痰，简直无穷无尽，要护工不停拿吸痰器在嗓子眼那里吸痰，然后再拿一块脏兮兮的纱布盖上。当然，那时候她看不到遮自己气管的纱布的颜色，这都是后来来探望的闺蜜桃说的。

后来二毛和那个副导演再无关系。就算那时每天都要花无数的钱，二毛还在 ICU 病房里煎熬，每天只能喝流食。

每次从刚长肉芽的脸上把贴在上面和肉长在一起的纱布再次撕下来的时候，她也会和病床对面的大力水手一样痛得哇哇直叫。

副导演和他哥站在她亲戚们面前的时候也没有说过一句自己不对，总是说自己家没钱，总是强调他救了她的命。太想要保护好自己的一个穷光蛋。这辈子都不想和他再有什么瓜葛。尽管她家从一开始就没想过问他要钱，家里人一心只想赶紧给二毛看伤，从老家带了一笔钱过来押在医院里。

她在北京的那些好朋友帮助她一起渡过了最初的难关，后来等她回上海做修复的时候，又帮她把望京的房子也卖掉了。她再没有踏进那套朝向不明的房子。

2009 年她的房子卖得非常低价，等北京的房价高得飞起，曾经有人在新浪微博上找到她，说自己买了她的房子，老是收到她的邮件，去物业公司问，才知道原来的房主是个作家。她问她当初卖房的价格，然后说中介都赚得比你多多了。要是早知道你要卖房找你买就好了。可惜世上没有这样正好的事。她的脸和身上花了无数的钱，最后换来的不是美，而是累累伤痕。逃命鬼副导演还在她舅舅面前说他救了她一条命，好像应该对他感恩戴德。可是二毛心想，让一个女人失去她最爱的容颜，还不如不要这条命呢。太残酷了，人生。

闺蜜们保护着她，不让外界接触，因为她只记得自己口渴去厨房喝点水，并不知道自己怎么会如那个人所说被吊在白纱上。可是他似乎也没有理由要这样害她，照他的奴才又抠门的性格应该是又要极尽表现，让难得遇到的不在乎钱的她无法离开他的照顾才是。

所以，她只能说家里确实有鬼，想让她替死好自己脱身。

这样她才能原谅一切。

# 24

## 金 大 林

念给她听大林送来的礼物，她把录音机的声音调得很低很低。一个男人低沉柔和的声音和旋律还是静静地如水一般流泻出来：

每个人都想明白
谁是自己生命不该错过的真爱
特别在午夜醒来更是会感慨
心动埋怨还有不能释怀
都是因为你触碰了爱
如果这就是爱
再转身就应该勇敢留下来
就算受伤就算流泪

都是生命里温柔灌溉
哦，爱在回忆里总是那么明白
困惑的心流过的泪
还有数不清黑夜等待
如果这就是爱
如果你当时明白
后来的生命里是快乐还是悲哀
特别在夜深人静时想起未来
是否能平静不会想现在
只是因为你拥有了爱
…………[1]

经过那么多沉默无言的日子，二毛半边没有纱布包裹完好无损的脸上有泪从眼角静静地滑落，那半边的脸宛如蜡像，苍白没有血色，光滑，没有表情，逆来顺受，这一行清泪显得生动流畅。

从歌里听到大林的呼唤，还是一个有爱的人。爱总是化身各种各样的方式前来陪伴。他原来从来也没有走远，从来也没有离去，一直在身边。

---

① 张学友演唱的歌曲《如果爱》。

出事前后那么长的时间不想见他，不想见任何人，手机关机了，保存在念那里，念不敢打开，一打开就是满满的短信息的提示音。

不想要念告诉他什么，目前阶段，只想自己去承受这所有的不幸。她把自己当作一只替罪的羔羊，此时此刻，只是在赎自己的罪。也不想向任何人诉说、解释和辩白，毁坏的是自己，即使亡羊补牢现在事已发生，一切也来不及。不想怪罪任何人，只愿意静静地想清楚，自己的错与罪。

原本以为自己是天下最坚强的，一直强撑着不哭。可是，大林带来的歌，原来立刻就能够让她哭，让她软弱无助失去盔甲。但这哭泣是事情发生之后为自己哭得最舒服的一次，眼泪流得最温暖的一次，因为知道这世界上还有一个他，他的心里终究还有一个自己。他原来还是惦记着她，牵挂着她的，终究还是温暖了很多。

# 25

## 浴火
## 重生

时间波澜不惊地过去了两年。

两年以后二毛又回到了北京。

戴着一副款式很新潮的墨镜，墨镜架在她的鼻子上，遮掩了眼睛和鼻子附近的疤痕，一边被损毁的眉毛重新绣好了。绣眉，现在的人真聪明，他们总有各种各样的本事来修饰人。

化了妆，不用画眼影了，眼睛反正看不见。粉底和粉饼、口红，这几样当然必须认真对待，再加上恰到好处的配饰、服装，镜子里的女人即使在毁容后也依然有一种与众不同的光彩和气魄。

因为墨镜的关系，她成了那些经常出现在娱乐现场、电视节目中的明星的样子，别人看不清楚她的面目，只能猜想这个女人的来历和身份。

经历了漫长的与社会隔绝的时光，整容手术告一段落。每两次手术之间需要给皮肤的生长留一段空白和时间。用三个月到半年让皮肤自己生长。所以整容手术是非常繁复和拖沓的手术，做一次休息一段时间等伤口生长，然后重复下一个循环，需要三到五年时间才能看上去好起来。

所有的烫伤烧伤病人都希望世上有一种神仙水，或者像传说中的观世音菩萨，用细细的手指蘸一点净瓶中的仙露，洒向人间，仙露所到之处，所有的创伤都能得到复原，凋谢的花都能重新开放。可是这是不现实的，创伤后的整容修复手术没有一次就能做彻底的，小小的脸，需要很多次手术，关键是在每次手术中又要留下新的伤痕，于是，没完没了，再去修复疤痕，不知什么时候才是终点。

好在，遮住能遮住的，与最糟糕的时候比起来，现在戴上墨镜，穿上潮流服装，走进人群中，伤痕不再突出醒目，相反，倒显得特殊，与众不同，她真的成了一个有故事的女人。

人们也看不出她是一个曾经被关在精神科病房里的女人。

曾经有一段时间，二毛因为接受不了自己外表的突变而精神焦虑，并且狂躁，不断自残，不希望自己存活于人间。于是家人把她送到了精神科住院病房。

白色的精神科病房，白蓝相间的病号服。全身松松垮垮的女病人们，被剥夺了照镜子权利的女人，为了安全，怕这些精神上有障碍的女人想不通用镜子作为自杀工具。她们没有机会接触到一切利器，只能在洗脸的时候对着玻璃看自己模糊的影子，用手在凌乱的头发上扒拉几下。

和她小时候喜欢在大桥上追随的女疯子们有一点不一样：有的女病人活在“文革”的年代，睡梦中还在唱着“大海航行靠舵手”，白天依然会旁若无人地大跳忠字舞；有的女病人整天嘀咕老公为嫖哪个女人花了三百元钱；有的说谁抢走她的孩子；有的怀疑自己家里四周都被人安放了摄像头，她失去自由被人监控了；有很多人幻听幻视，有分裂人格特征；有的悲观抑郁，不和任何人说话；有的需要接受电击治疗，浑身抽搐。

医院也是个小社会，护士们一边负责发药一边每天推销着批发来的各种零食，病人们只要记账就随意领取，反正最后由家里人来给这些脑子不太清楚的人结账。

很多药物有帮助睡眠和安神的作用，于是病人们只要住进来很快就面目相似地白白胖胖起来，有的略带浮肿。

甚至有的正常的女人被闹离婚的老公骗到这里关进了病房，手机被收走，她越是说自己没病这里的医生便认为这个人病得越重，于是，正常的女人也就只剩下盘算自己的老公怎样背着她任意处理家里的财产的份了。

医生是不会管太多家务事的，只要有人给病人结账，他们便会加大药的剂量，你不听话只会是自己倒霉。于是原本正常的女人趁放风时站在户外装满栅栏的阳台上对着楼下的陌生人叫着“救救我”，这情形让人没法不怀疑她就是有病，还有谁能来救她呢。只要她丈夫不来接，她就永远飞不出这个铁做的牢笼。

谁有病?

谁清醒?

外面的还是这些关在病房里穿着蓝白病号服的?

也许大家都有病，只不过很多暂时在外面的人还没有被送进去关进去而已。甚至有的医生自己心理都有问题，可能是日常生活不太顺心，没有分到医院新盖的宿舍楼的称心户型，于是经常在教训病人的时候流露出来，说的话凶狠，严重失态。有时候病人和医生护士吵起架来，更加分不清谁有病，只不过医生的白大褂没有蓝条而已。

二毛家里认为她精神不太正常，到了这里才知道再疯狂的人他们都有办法对付，不是用药就是被几个五大三粗的人绑在椅子上电疗，于是她很快安静下来了。她经常默默地看着这间女性病房里每天上演的各种人间闹剧发呆。

她和她们不同的是，她被允许戴着医院里给定做用来抑制疤痕生长的白色硅胶面具，面具上眼睛、鼻子、嘴巴那里留有孔，也就是有几个洞。

戴上了面具，接受了自己在这些病人们中间存在的现实。她把自己想象成一个电影里的角色，不以真面目示人，她可以看清楚她们，她们看不到她的脸。

有的病人们开始因为突然看见戴着面具的她而尖叫，但很快，她们比外面的正常人快得多地接受了她戴着面具旁若无人地走来走去，即使是半夜里上厕所时突然看到，即使她用吸管喝汤吃饭。渐渐地，她们喜欢上她这个睡觉也带着白色面具的怪人，总想凑到面前来摸摸她的硅胶面具。

这些病人都生活在自己的世界中，她们进来的原因多种多样，各有各的故事。有的习惯喃喃地自言自语，或者一直傻笑，别人是什么样的其实并不在她们关心的范围之内，也很少能影响到她们。

她们也会发生争吵，通常是在一天两次排队在被一根根栅栏与外面世界隔绝的阳台上放风的时候，排队打饭的时候或者排队等着去冲淋房洗澡的时候，那时候她们经常会因为某人用大塑料盆抢位占先或者侵犯了某人的领地权利而争吵。也许世上没有完全疯的人，她们经常一时清醒一时糊涂，有时大方有时算计，有时软弱有时凶悍，早晨排队领药的时候还敢把小护士骂得狗血喷头。

那一段时间，她和她们和平共处。

小时候奇怪疯子们会有怎样的生活，现在知道了，并且还真真正正地和她们生活在一起，朝夕相处，太不可思议了。

感谢面具，使她抵挡住灰尘，遮盖并保护住自己。

破碎分裂的内心在面具的保护下开始聚拢重新生长。

又变回了在东方红大桥上面跟在女疯子后面傻傻地走的小女孩。在原本充满疯子的精神病院，狂乱的内心却得到了完整的修复，回归到正常和理性。

出事两年以后，二毛回到北京，独自在夜晚的时候走进三里屯一家热闹的酒吧。这家酒吧据说以前是以一位很著名的作家的名字命名的，是这位作家和他的几个圈内做电影的好朋友一起合作开的。

以前是圈子内的酒吧，一般只接待熟人。所以，有时候很热闹，光鲜靓丽的人坐得满满的。有的时候没有活动，主人们也不在，陌生人搞不清状况又不敢进来，就会显得冷冷清清。

酒吧的服务员因为能够记得周边所有店的情况，也记得来过一次客人的名字，大家都亲切地称呼她“卧底”。

二毛在大林的带领下来过这家酒吧，在这里喝醉过，也旁观过很多人和故事，看到过这家酒吧的几个不同阶段的状态。酒吧在不同主人的手中面目也有很大的不同，好像一个妙龄女子，在懂得怜香惜玉的男人手里她便妖娆，顾盼生姿，因为有男人在背后撑腰而感到一种荣耀、骄傲。而在另外一种总是让女人缺乏安全感，在不知道他身在何处心在何方的男人手里时，她便会很快花容失色，残了。

后来，酒吧关门了。

开酒吧的著名作家现在不喜欢抛头露面，他在家里修炼，看书写作养猫，过简单生活。

再后来，酒吧换了新的主人。

重新告别医院里封闭生活重新踏进北京的二毛，隔了漫长的时间，发生了那么多人生变故之后，重新回到这一个酒吧，想到已经和过去相隔很远的距离，和大林更是不知还会不会再相逢，毕竟现在的心态是已经不愿意再见故人。

走在路上，看着在医院里曾经不止一次浮现在脑海里的街景，不由想起了普鲁斯特在《追忆似水年华》中写到的一句话：对某一幕景象的记忆，只是对从前某一刻的遗憾之情而已；房屋、道路、大街，它们都像那年华一样，转瞬即逝。

这话语让她哀伤，但是和在医院里时的情绪如此不同，现在她走在充满世俗欢乐的大街上，哀伤像偶尔停留心尖上的蝴蝶，非常浪漫非常美。

而在医院里时，有时候吵闹紧张，有时候节假日人去楼空，病房里只剩下寥寥几个病人，空气中飘浮着一股安宁消毒水的味道，街道就在一墙之隔，而她却似乎被愁深似海地软禁在房间里，失去了自由。一切都是别人的，什么都不属于她，和她了无干系，心情开始冰冷。

现在多好，可以走在街上，满目五颜六色，就算自己丑点，怪点，现在注视她的目光和以前注视她的可能明显意义不同，可是，世界好像重新回到了她的眼中，切实地和她正在发生着关系，这种“此中”的感觉无比温暖。

她喜欢上了一个人的生活，或者生活在一堆陌生人中间，没有人知道她的过去、历史、曾经。

所有的一切都被尘封，现在她换了一张脸，有着新的五官，宛如处女，不管好还是不好，对自己来说都是一种新鲜的感觉。就算丑了，丑对她来说也是一种刚刚体会的经验。正好感觉一下丑女和美女在男人那里的待遇会有怎样的不同，以后还可以写成论文。

从小到大，从来没有因为容貌有过自卑，现在脸毁了，可因为自己看不到，面对别人的时候，头依然还是昂着的，一点也没有垂下来。

过去受到的众星捧月的场景不算少，那么现在，倒愿意品尝门可罗雀的滋味。一朵鲜花总有发蔫的时候，盛开过也繁盛过，那么，享受繁盛之后的清寂和安宁，又是另外一种滋味。

现在她把自己当作演员，以前演年轻漂亮众星捧月的角色，现在演成熟的性格派角色，让人无法轻易靠近，让人看不到她的眼神摸不清她的深浅。年轻容易轻狂，成熟反而学会沉淀，潜伏在人间，看别人的风景。

人生如戏，最好是什么情境都有所体会有所经历，人世便也没有白来，也便不会再如一张白纸。体会，体会上天赐予的所有滋味，甜酸咸辣苦，每一种滋味上天都有他独特的用意，那么，好好体会，在每一种滋味里都品出美好之处来。

如果说以前她有种年轻的诱惑力，年轻总是美的，神采总是不一样，年轻就像诱惑着人去采摘的枝头果实，而现在，成熟地掉落枝头，躺在平实的大地上，阴凉，安全，不用再担心那么容易就被看见，懂得了隐藏自己，小心不被别人的脚随便踩踏。

受伤已经到如此程度，落了底，反倒心里可以很安然很坦然，此后的自己恍如罩上一层金钟罩，已经不会再有怎样的伤痛可以伤到，可以痛到，拥有了一种即使在大风大雨中依然淡定的能力，反过来说这也是一种幸运。

也许人在各个阶段都会有一张不同的脸，你无法说美的时候是你，老了丑了的时候就不是你了，你还是要接受着所有的改变。变化是正常的规律，所以，提前接受自己不好看了，也不是一件难事，反正或早或晚所有的容貌都会被时间毁于一旦。最美的女人和最丑的女人一样最后都将殊途同归，成灰成烬。

她现在经常会想到关于女人容颜的问题，年轻的女人谁都希望拥有美丽的容貌，可是那时候却并不知道美丽也会带来身不由己的厄运。

很多女孩如果长相平凡其实本可以拥有一个健康正常的人生，相夫教子，她的内心也很安于这样的生活。可是美丽让她们不由自主改变了，选择多了，欲望也多了，在成长过程中被各种各样的男人带来的各种各样的机会和选择所追逐，随波逐流，渐渐迷失了，忘记什么才是自己本该选择的方向。

一个美丽的女人有时候并不能保护自己，反而因为醒目招来别人不怀好意的关注，非常容易成为被纠缠、嫉妒、迫害与毁灭的目标，很多心底狭隘的人对待自己得不到的就会去加害、毁灭。

如果没有一定的智慧打底，美丽的女人就很难掌控自己的命运。有的女人去整容吃尽苦头终于变美，结果美丽却给她带来了劫难，走上了一条万劫不复的不归路，甚至年纪轻轻就失去了生命。人们为了得到美丽付出的代价实在太大了，她们只顾外表却忘记了更应该雕琢的其实是人的心灵。

这个时代盲目地鼓励人们只追求外表的光鲜，却允许败絮其中。多少红颜薄命，多少英雄难过美人关，最后却发现那美丽只是一场幻影，镜花水月，白驹过隙，谁也留不住。

美丽的诱惑背面即是美丽的幻灭。

真相很残酷。

僧人为了锻炼自己的静心能力，会盯着一个年轻美女的尸体看上一段时间，天天看，看着一个美女的脸庞如何变成一具腐烂的白骨，这就是他静修的白骨观。如果你能接受整个过程，也便会在任何美女的挑逗面前心如止水了。

及早懂得残酷总比花言巧语地骗你把你像个傻瓜一样蒙在鼓里做着虚假的梦的好。这是生活这个老师教会她的。

一个曾经骄狂的女孩因此懂得了珍惜和平静，并且感恩。感谢自己还有腿，还可以奔跑；感谢自己还有眼睛，可以欣赏这个世界的所有美好；感谢自己还有双手，可以做一切自己想做的事情；感谢还有嘴巴，能说出自己对于他人的喜欢……是的，从前总是忽略自己拥有的，而去盯着自己和别人相比欠缺的看，这样永远不知足不满足，不会对自己满意，不会快乐，现在懂得了满足于自己身上还剩下的好的品质，还在的东西，所以，轻易就感到了快乐。

幸福就是如此简单，傻一点原来更容易找到它。

她戴着墨镜，新长出来的长头发依然乌黑茂密，留这一头披肩的长发花了一年半时间，其间还不小心被理发店的店长借口给修修却剪掉一大截。新潮理发店里的人都希望女人多留短发，因为短发需要不断打理，不时需要修整，而长发毕竟是可以让它自己长的。

店长很生气地怪罪她留着一头齐腰长发。

店长不知道这是一个曾经在医院抢救的时候被剃掉全部头发的光头女孩，那时候还曾经被切开气管，无法开口说话，那是多么多么惨的一幕，可是毕竟那一切也过去了，不会再来打扰她了。

和那一切比较起来，现在的每一天都很容易就让她感到幸福。

独自潜伏在从前那个作家的酒吧，现在换了老板，也变了模样，但所有的空间设计都没变，二楼也依然是一个开放的小空间，但是音乐变了，是热闹的电子舞曲。不断地往里面涌进来人，来者不拒。

楼上楼下热闹非凡，人挨着人，不再存在圈子，世界大同，所有的人都平等。人和人喜欢挤在一起，大家都是群居动物。一楼的电视频道里循环播放着走来走去的内衣秀，那些美女不知疲倦，踩着电子的热烈的舞蹈节奏走来走去，肉体的美暴露无遗。

所有的人挤在一起，不时喝口酒，肆意地消耗属于生命本身的热量、激情和青春，他们不时随着音乐扭动自己的身体，偶尔，她眼前也会晃过默默缩着身体躺在医院烧伤科病床上那个血红的“肉身老鼠”，他是不是还能回到人间享受正常的生活？

从没见到过他的脸，他只是烧伤科一个典型的重症患者，远远地看到他蜷缩在病床上被白纱布包着的窄窄的身体，听到他每天换药时撕心裂肺的呼喊，你会怀疑上帝已经……或者上帝他老人家也不忍心再看下去了，事情太过于悲惨了。

还是重新回到眼前的即兴的快乐的轻浮的现实世界中来，喝点酒，忘记所有不快乐的事情，摇晃身体，跟随节奏，摇晃摇晃摇晃。

最起码，眼前的每张面孔都写着快乐。

# 26

# 信仰，爱和力量

她遇到一个青海过来的修行人，他带她去家中小坐。那是一个天生充满阳光的房间，有檀香的味道。

修行人很年轻，但他总称呼年纪比他大的人为“我的孩子”。修行人幼年时在北京的宗教学院读书，现在他觉得自己的中文不好，还在北大进修中文。看着修行人在她面前盘腿打坐，神态非常安详。他是那样慈悲，有爱心，从不批判，让人感觉他是完完全全地接受你，毫无保留地爱你。

这才明白，为什么每次看见修行人都那么舒服，因为一个不批判、全然接受你的人，在这个世界上真的绝无仅有。

他教她如何与自己的身体连接，感受并且接纳自己的情绪，觉察并且审视自己的思想，继而消灭所有的误区。

在自己的感觉里体验修行人的境界，心里开始有了喜悦平和。

修行人提醒她接受一切现实，窗外就是很美的风景，接受一切已经发生的真实。因为事实就是最大，因为已发生的事情是不能改变的。如果你不接受它们，就好像拿头在撞一面墙壁，而希望能把它撞开。无济于事，徒劳无功！

我们会受苦的最大原因，就是抗拒事实。服从的好处就是，当你接纳了当下，不徒然浪费力气去抗争的时候，事情往往会有意想不到的转机出现，你才发现原来的挣扎真的是白费力气。而且，正因为你把能量充分用于眼前的事物，有的时候你会发现更好的解脱之道，帮助你脱离眼前的困境，或是你不喜欢的情境。

修行人指指在这个房间角落里静静打坐的另外一个女孩说："她那么小，却要承受抑郁症，承受因为生病变得绝望的父亲把母亲杀死希望同归于尽的事实。她也在服从现实，接受和面对现实。"

人生就是充满意外。二毛惊讶地看向角落里静坐的小女孩。原来世界上存在那么多比自己更不幸的人，而以前自己蒙在自己的鼓里根本看不到感受不到。

无论你选择什么，都不要让负面情绪掺杂其中。"是的，要过好自己的人生，生活下去，有负面情绪，的确是于事无补。”她对自己轻轻重复。

修行人赞许地笑：“服从的第一步，就是要先看到自己的抗拒，而且看到自己的抗拒是徒劳无功的，无济于事。生活现在给了你一个体验和成长的契机，你只需要看着自己是不是能够通过这个考验。所有发生在我们身上的事件都是一个经过仔细包装的礼物。只要我们愿意面对它有时候有点丑恶的包装，带着耐心和勇气一点点地拆开包装的话，我们才会看到里面珍藏的惊喜。”

后来每当二毛心情低落，就常常想起修行人的话：浴火重生的凤凰是更有生命力的。一个人在全面挫败以后，如果重新找到立足点的话，会更坚强，更有自信。

事物的本质在中间早起了变化，你以为还是一半一半的，其实早就不是了。无论怎样，我们都是走在回家的路上，路走得越远，心灵越宽阔。

二毛像个小学生一样正襟危坐地提问。

二毛：每天您的作息时间是怎样的？用多少时间阅读、思考？能告诉我您的一些生活习惯吗？

修行人：传统的养生之道是“日出而作，日落而息”，这在我多年的生活习惯中得到了很好的贯彻，我从小也养成了早起的习惯，睡觉前念经可以让我在睡眠中不会昏沉，睡眠质量很好，早起念经会让我一天有一个好的缘起。时间是由一天一天组成的，有时会阅读，有时会静坐，有时会交流，有时会写作，一切的生活离不开修行，离不开对心灵的关照。一位老师曾说：不要干扰别人的心。我想，我的生活也是如此，尽量做有益身心的事，不做会后悔的事，不干扰别人的心。

二毛：我认识的朋友老是四处漂泊，我不知道这样的人根在哪里？哪里是真正的家园？

修行人：外在的世界都是无常幻化的本质，再结实的建筑，再温馨的家庭，都会因为偶尔的因缘毁于一旦，这不是很清楚显现了吗？所以，打开心灵的世界，像广告词说的："心有多大，舞台就有多大。"真正的家园，就是那尽虚空、遍法界、不生不灭的心性。当然，从现实来说，大家需要一个安定的家庭，一个稳定的工作，这里最主要的就是不要向外寻找安心，如果认识到问题出在自身，在自身上下功夫，何处不是家园，哪里不是安身立命之处呢？在现象和本质两方面都不能偏废。

二毛：我们像候鸟一样往返于各个城市之间，心很敏感。您觉得这样不太安定的生活好吗？

修行人：对于心还不安定的人来说，这样的生活会让人焦虑不安，有时候这种不安定不单纯是工作生活的压力，也是往昔业力的体现。中国的古书讲："有恒产者有恒心。"应该将心安在一个自己真正喜欢的事业上，事业上的追求不管大小，对于培养心性是有帮助的。如果心已经安定，即便往返于世界，对他也不会有任何的影响，因为时间和地域的长短广狭都是相对的，是假象。

二毛：您害怕衰老吗？怎样看待未来？

修行人：如果事情尚可挽回，为什么烦恼呢？如果事情已经不济，为什么烦恼呢？面对必然的事情，我们要学会坦然面对。面对可能的善事，我们要努力成就。生老病死是凡夫的必然，所以我坦然面对。未来和当下并没有差别，担心未来，不如安住当下，进一步说：衰老乃至死亡也是假象。无老死，亦无老死尽。当然，孔子说，人无远虑，必有近忧。人也不能稀里糊涂，最主要的是，读书给了我远虑的智慧，能够面对一切幸与不幸，未来的一切也不出自己现在的一言一行。

二毛：您怎样理解人的感情？修行人有普通人一样的感情吗？

修行人：人在爱欲中，独来独往，独生独死。爱为生死的根本，当然，这个爱要广于我们所说的爱情。欲望中有饮食和男女的欲望，随着层次的不同，爱欲的程度也不同，有的人偏于生理的欲望，有的人偏于思想活动。现实地看，爱欲的产生和我们的六识（眼、耳、鼻、舌、身、意）有很大的关系，而六识是具有欺惑性的。在中国的《世说新语》中，曾有这样一段话："圣人忘情，最下不及情；情之所钟，正在我辈。"我理解，圣人因为断除了烦恼，不会因为感情而产生烦恼，但他会随顺因缘来善巧引导众生，所以看起来和常人没有两样。

二毛：怎样看待俗人们为之快乐或者痛苦的爱情？

修行人：关于爱情，世间人的确是以生死相许的，但是只要有爱欲的烦恼，就会不断在轮回中流转，就会有痛苦的滋生，在人类的八苦中，有求不得苦、爱别离苦，这几乎是每个人都会面临的痛苦。我们不可能让大家都出家，也不可能让大家变成无情的土石，那怎么去化解这种痛苦呢？我看暂时来说是放下爱自己，真正地去爱对方。在很多由爱转恨的例子里，主人公并不是真正爱对方，而是爱自己，所以当分别时，就会产生恼恨，这样的爱是狭隘的、自私的，也不会带来真正的幸福。更进一步，就是不要太执着，人生不可能事事如意，要懂得随缘安住，缘聚则合，缘尽则散。我们需要做的是随顺因缘去照顾好身边的人、亲近的人，就不会因此产生种种烦恼和痛苦。

二毛：您的生活会不会比我们多了很多刻板教条，比如您以前说很小的时候读宗教学院，每天四点就要起床，念经文念得头痛欲裂。您怎样克服那些常人无法想象的生活？十二岁，那么小成为修行人，又是走过怎样一条修行之路？画画对您来说意味着什么？

修行人：其实大家从小的学校生活也同样是很严格、很辛苦的，重要的是家长看到了受教育的重要性，我们也慢慢知道了受教育的潜在利益。要成就任何一件事，不吃苦、不付出是不可能得到希望的结果的。我们不是常说只有享不了的福，没有受不了的苦吗？习惯成自然。而且表面上看我们很苦，但在内心还是很充盈和幸福的。至于画画，就是希望通过这种形式把自己对于自然、社会的感受表达出来，和大家交流、分享。我并没有做一个艺术家的目标，只是自己的兴趣和爱好吧！

修行人的回答让二毛的心神得到很大的启示，内心平静安详。

一个星期天，她突然给修行人打电话，很想拜修行人为师父。感觉修行人就像是自己前世的一个亲人，像是一个生命中的父亲、兄长，是很亲很亲的亲人，他清澈的眼睛看向她的时候，她的心也变得清澈、简单、纯净。师父答应了。于是，二毛便有了第一个师父。（后来又有了四川五明佛学院的多吉堪布仁波切，在这世上又多了一个亲人。）

师父每年七月都在他的家乡青海玉树有一个对外的活动。他们在草原上搭起很多很多顶帐篷，大家一起，过节般热闹。

他还在旁边的山上建造了一座赞普博物馆，远看像一座宫殿，以后会在里面收藏当地的各种文物宝贝供人观看。还有一个艺术家村落，让世界各地的人来这里进行文化交流。

特别喜欢看到师父穿着黄色长袍，站在绿色的草原上，身后点缀着白色蓝色相间的帐篷，白云朵朵飘在蓝得如洗的碧空上。师父仁爱、慈祥，和那些草原上奔跑的小狗、孩子、马儿一起组成了一幅绝美的画面。

最美的风景是天地间的和谐，是一切生灵的和平共处，是人与人之间没有猜忌，是大爱无边。

师父不骑马，尽管他是在草原上出生的。他吃素，不喝酒，和平就在他的心里，爱就在他的眼睛里。他留意她脸上和胳膊上留下的伤痕，用仁爱的手去抚过那些伤痕，伤痕好像变了颜色。他的手停留在她的额头，脑袋便多了清明。

他为她诵平安的经文，她自己也习惯了每天清晨醒来读一遍日诵手册。一些事情成为习惯之后，便会自动地去做，每天做了之后就感觉内心有了方向，很安定，眼神也变得很平和。

贴着灵魂，身心合一的感觉那么美妙，简直妙不可言。既可以什么都不做那么多年，又可以如此美妙，简直无法想象。

二毛做梦一般问他：“为什么，我们要横跨那么漫长的距离才走到今天？”

他说：“小傻瓜，因为我们是两个傻瓜的爱情，因为我们是两个很傻很傻的小孩，一直在等对方长大，所以才如此漫长。”

她说：“你会像一个爸爸一样爱我吗？我从小就缺少父爱。我想要老公的爱，同时也想你成为一个爱我的父亲，宠爱我的父亲。”

他说：“你想要怎样的爱我都会给你，因为爱有很多种不同的表情。我们有漫长的时间来好好琢磨这件事情。”

她说：“即使你爱我，我也不想让爱成为枷锁，永远锁住你束缚住你的身体，你还是自由的，你属于你自己。如果有一天你不爱我了，你可以走，可以毫无愧疚地离开，我愿意给你这个权利和自由，因为我爱你。”

“小傻瓜，”他说，“我要被你弄哭了。我比你爱我更多地爱你。真的，相信我，永远要相信这一点。从来不曾离开，一直在你的身旁。原来你就是我的传奇。”她告诉金大林她的父亲也没有了，他的青光眼手术其实很成功，可是做

# 27

# 陪你到很老很老

二毛和大林见了面，在他的家。久别重逢，却似乎昨天刚刚分手，一切和从前没有改变。

她发觉自己成了金鱼，只拥有七秒钟的记忆，转了一圈就把以前的不愉快全部忘记了。

很好，一切如旧，她环顾四周说。

你却如新，他答。

他摘下了她的墨镜，犹如脱下了她的衣裳。（金大林，你醒醒吧，我已经变成这个样子了，你可以离我远点了。）

她曾经说过以后即使完全好了，她也已经不习惯摘下墨镜。习惯了藏在墨镜后面看人看这世界，发觉戴副墨镜看过去正好，一切保持一点距离刚刚好，不必把一切看得太清楚。知道太多有时还会后悔。可是大林摘下了她的墨镜，片刻的挣扎以后，坦然地看向了他的眼睛。他说：“很奇怪，因为是长在你的脸上，讨厌的疤痕也变得好看了。你让我疼爱。你是一个很傻很真的女孩子，让我心疼，让我欢喜让我忧。你不听话，你又不乖，你总是惹出那么多的事情，你很讨厌。可是，没有办法，这么长的时间让我想明白我还是喜欢你。我还是想和你在一起。大家都正常的皮肤又有什么奇怪呢，我喜欢你的疤痕，摸上去的感觉很特别。如果你愿意，我会请我认识的做文身做得很好的朋友为你在疤痕上绘出天空、云彩、莲花或者你愿意的任何图形。即使什么都不画，我也觉得很美。任何痕迹都是很美的，代表着你的曾经和过往，像你的荣誉纪念章。任何人无法取代你，你眼里的光芒，你的神采，伤痕遮掩不住，你还是在闪闪发光。”

二毛害羞地说：“你在骗我。你难道忘了我们假戏真做的那一个晚上，你没有挽留我。当时你怎样把我往外面推？”

他说：“傻瓜，对你这样一个小孩性格来说，我越疯狂地追你你会越觉得可笑。你难道还不了解你自己的德行吗？那是我故意那么说的。而且当时你内心要投奔一个干银行的老外，我也觉得人家活力四射只有我自己未老先衰。那时候我的状态一点也不好，天天在天上飞，地上又找不到落脚点，你那么天真不懂事。还好，那一切都结束了，我也已经辞去那份空中飞人的工作了。”

他说："有些东西是骗不了人的，你天生就属于我。你丑点也好，现在比过去更能属于我了。"他在她的耳边发出幸福的叹息。他轻轻的抚摸让她全身一阵酥痒。离那种男女相亲的感觉太遥远了，远得宛如处女。

从前的所有性爱经验全部封存，现在又重新变成白纸一张。将近两年的时间，她离世俗生活里的快乐都很遥远。而现在，大林使她重温了那温暖的感觉。他不是那么充满激情，却是那么贴心，恰到好处。缓慢地深入她的身体，怕弄疼她。他爱惜她，却又懂得托着她往上走，仿佛知道她要的不切实际的梦想都飘荡在空中。空气中充满天堂的乐音。在这一刻她懂得他是她真正的天使，一个上帝派来拯救她的天使，在变丑变老的时候依然不用惧怕他会抛弃她的天使。和年轻时候的爱情不一样，现在的她感觉他能触摸到她身体和心灵的最深处。刻骨铭心却又日常得如同一切本该如此。每一个愈合的伤口都在欢呼。和他在一起，不用害怕失去。终于有一个人收容她脆弱心灵里的所有恐惧、不安。只有天使才让她有了完全的安全感。一种脉脉的感恩之情，温泉一般包围着两人的身体，甚至让她在那一刻想要哭泣。老天保佑千万不要再离开我，她在内心恳求他。他的身体听到了她的恳求，每一个细胞都在向她倾诉一种思念和承诺。"再也不会离开你。"他回应她的恳求。就这样身体贴着身体，灵魂完手术，他还是受不了眼睛在手术之后的不适反应。他一直怀念以前的自己，年轻时多么玉树临风。从小父母亲就觉得他是一个天赐的宝贝。小时候有一年他生了一场怪病，全身的皮肤都发黑，天天躺在床上，几乎奄奄一息，就在全家人都绝望的时候，突然遇到一个神奇的老游方郎中不知给他在身上涂了一层什么奇药，过不了多久，竟然从他身上脱下了一层黑皮，里面露出一个哪吒一样粉雕玉琢的美少年。他恍如沉沉睡了一觉，此时突然惊醒一般，在黑壳褪去的刹那睁开眼睛对着他的父母莞尔一笑。这样一个奇迹一般的少年，日本人侵占他们家乡的时候，一对没有孩子的日本商人夫妇恳求他们家让他们把他带到日本去，会给他最好的教育和生活，爷爷奶奶没有同意，爱他如珍宝。这样的人，在此后的生活中却没有得到好的命运的眷顾。他曾经死过一次，在下放到乡下的一年，一个狂风暴雨之夜，他走到一条河边，感觉迷了路，走啊走，他一直走不出那条河边，后来实在走不动了，他只能在泥地里爬，一点一点地爬。农村墨黑的夜，漫天的大雨，还有恐惧的心跳，耳边听到的风雨和各种各样不祥的怪声，太可怕了。他以为自己爬过了万水千山，爬到早晨天亮才发现原来自己竟然始终在原地打转。他以为自己在那一晚上就会死掉，可是命运又安排了那么多不称心的事情，在他后来的生活中有太多的心有余而力不足，太多的难以战胜的不怀好意。他始终外表强悍，内心却很虚弱。他缺少自信，也没有安全感，觉得世上没有救世主来救自己，于是他先设置了一个冷冰冰的外壳来罩住自己，不愿意给别人任何一点温情。局限太多，一切身不由己。他讨厌自己在岁月的戏弄中成为几乎瞎眼的老头。他谁也不想依靠，他有他的骨气。他开始绝食，不肯吃东西。他要自己选择一个最终的结局。给他做东西，劝他吃东西，他也不肯。也不肯再进医院。倔强的父亲，就这样走完了他的人生。他认为他的人生很失败。

年轻的时候，他想参加解放军，可是因为资产阶级的家庭身份无法参军。他为此从来不叫他父亲一声“爸爸”，可是报应的是，他自己的一儿一女从小到大也从来不叫他一声父亲。

他怀才不遇，参不了军，进了自己不喜欢的工厂。他没离过婚，可是老婆对他却缺乏感情。也许有因即有果，他今天的果也是他从前所有的行为换来的。他的人生大概应了四个字：孤星入命。

大林说他飞过很多城市，现在想停下来慢慢走，二毛就是一个温暖的让他可以停靠的地方。他再也不想飞了，也飞不动了。他曾经在飞到重庆有空时，常喜欢去一对光头夫妻的画室坐坐，他们是一对新婚不久的艺术家伉俪。画室里音乐总是开得很大，从早到晚不停。

他们有点像那类艺术家，画什么都是自传性的，写什么也都是自传性的，所以他永远不可能改变，至少，不会大变。像他们这类的艺术家永远面对着一维世界，也就是他们自己，他们的作品里只有自己，自己里有世界，有全部。与他们相反的艺术家，则面对着多维的世界，有点像个旁观者。要改变自己去做别人很难，做真实表达自己的艺术家，当然会有局限，但这样的艺术家也有他的优点，就是非常鲜明、非常强烈，他的气质永远鲜亮如刀，无与伦比的感染力则像强酸一样，因为那里永远是自己，正在滴着血的疼痛直达肺腑，所以能直达观众和欣赏者的自我。这类艺术家是把自己当作案板上的肉，不但任别人也是任自己任意宰割的。自残、痛，在痛里成长。享受不了太过平淡顺利的生活。无端的也会感到内心的痛苦。

艺术来自天国，但真的艺术家大多会下地狱，只有极少数能去天堂。因为他们是从天堂坠落而来。所以天生怀着悲愤，自毁，厌世，目空一切，悲天悯人，寻求极乐，饮鸩止渴，最后孤傲地等死。

有时候艺术家喜欢的都是病人，喜欢病态的美，因为同病相怜，因为知道世界上不只有自己在承受孤独，心里也会好过一点。艺术本身来自天堂，艺术家手里有着天堂的门票，艺术是自慰的药。

或许人所有的痛苦都来自肉身，灵魂的痛苦是最大的痛苦，于是自残也就变成了最高级最能得到高潮的幸福。好的艺术都是相通的，在歌里和画里都有相同的痛楚。

在柔和艳丽的表象下，他们的画笔和触须总是搅着魂扯着肉，连皮带肉牵着人世的伤口，再多的粉红油色和梦幻般的画面处理也无法掩盖那层血色，即使充满幻觉，也是在心里和梦境中，而不是在虚幻的时空，飞升的时候永远离不开地面的绝望双脚，深深地陷在人世的痛苦之中。即使能够蜕变也是不愿的吧，不然青春的残酷岂不是太容易化解？疼痛和绝望岂不是太容易拿掉？而我相信它不会拿掉，拿掉它就拿掉了人生，但是它可真美。

远处传来的是张楚明媚的新歌《时空》，那个曾经叛逆迷茫的少年现在终于和生活和解了，和广阔的自然之美联结，心变得开阔：

林中的鹿角 / 向右的飞鸟 / 湖水的衣角 / 孤单的记号 / 安静的色彩 / 在午夜更改 / 黑夜的面容 / 相反的转动 / 几何神圣 / 星际的光线 / 爱之伤痕 / 清晨 / 有神 / 时间 / 清醒 / 流淌的河 / 对岸的我 / 冬天夏天 / 坠落湖

泊 / 天空的话语 / 天使的门 / 天使的话语 / 流淌的河 / 对岸的我 / 时光清澈 / 创造之隔 / 清晨 / 有神 / 时间 / 清醒 / 流淌的河 / 对岸的我 / 冬天夏天 / 坠入湖泊。[①]

张楚曾评价《时空》说："时空中，人和创造最后的一层隔膜，也是人追究的认知终点。有这个隔膜，人的自我扭曲，才有了人生故事。人去突破故事，去探索创造的源头，获得自我融入时空后最终的灵魂自由。用爱的平衡，才能看透恐惧之火，在彼岸相见。"[②]

看到有人评价说："相比窦唯用音乐作画的留白之高远，张楚的音乐更像是一片掉进大地嗓子里的润喉片。张楚重新开启和土地、云朵、流水的对话，将自然的温暖、质感、张力凝聚后塞进形而上的镜头中，提供一个更明澈的视野，使得听者能更自由地操控听觉。"

相比唱着《姐姐》和《孤独的人是可耻的》时期的张楚，二毛更喜欢现在的他，因为张楚明显比过去成熟了，明白了，懂得享受当下和生活了。谁都应该活得开心，过得轻松，这世界有那么多的美值得我们好好享受、欣赏。傻子才悲伤。

---

① 张楚演唱的《时空》。

② 张楚评价《时空》。

他的新歌和木心的《素描旅者》有异曲同工之妙：

田野，森林，日出，晚霞，月光
我徜徉在一个叫佩努乡的小村里
依波尔和艾乐达之间
海岸高而陡，像巍巍的城墙
踏着细软的茸草，放歌
远处一艘艘的渔船
碧绿的海，棕色的帆
茂密的野菊和罂粟花
村里有座报时的尖顶钟楼
海鸥绕着飞叫
同时还可以坐在一处泉孔边
俯身啜饮，沾湿鼻尖和胡子
随我自己设想是在与谁接吻

# 28

## 两人的
## 通信

亲爱的二毛：

整天在电视里看到发生的天灾人祸，会觉得个人力量薄弱。很多事情常常会让自己无力面对。如《道德经》里讲“天地不仁，以万物为刍狗……”。

未来，我希望和你居住在一个稍微远离城市一点的地方，郊外有山有水之处，家里有几间房间，有大大的书房和可以用来弹唱和听歌的视听室，我们要享受全世界最好的音乐和电影。

闲下来我给你弹吉他唱歌，或者吹口琴，拉着你的手教你敲击手鼓，让你学会自己找到音乐的节奏。

我们的房子一定要有一个大院子，院子里可以种花和果树，还可以种上一些蔬菜。

我们要经常请一大帮朋友回家，在树下唱着歌谈天说地，还可以大声地播放你喜欢的民谣歌手钟立风、万晓利、周云蓬、苏来或者英式摇滚的 CD。

你弟弟也可以在树下唱歌，我可以给他找到一个可以发挥自己特长的工作，离开原来环境里的那些人。他会交到很多新的朋友，他会享受另外一种人生，只要他愿意，怎么样我们都可以帮他，给他尽一点力。

一家人长长久久地在一起，没有孤独，全家都在一起。

我可以重新找一个简单的工作，诸如住处附近有所学校聘我去讲课——讲音乐、文学与电影，及它们之间的关联。讲课累了，就给学生们弹琴唱歌。

我喜欢校园，喜欢去学校食堂吃饭，喜欢那种年轻的、向上的、生机勃勃的力量，喜欢看到清秀的女孩奔跑在夏日里的白皙迷人的小腿。如果我们有一个女儿，我希望她和你一样，有白皙的小腿、忧伤的眼睛，我们在屋檐下面看着她在阳光下奔跑，显得生机勃勃。

如果你愿意我们可以给孩子取名叫金子，她的身上金光闪闪，不是因为钱，而是因为阳光和快乐。你到那时候就成了小金子她妈，我就成了小金子她爸，这该多么幸福啊。

幸福其实很简单，不需要我们到处去找，她就在我们每一天日常的生活里。和你跟孩子在一起，我想我一定会是天下最幸福的男人。

夏天的夜晚我们可以同李商隐一起读："此情可待成追忆，只是当时已惘然。"到冬天又可以同邵雍一起诵："冬至子之半，天心无改移。一阳初起处，万物未生时。"前者无奈寂寥，后者便是希冀满满。

有时候激情和灵感一样，它的到来叫人猝不及防。

但细细一想，却也是自己漫不经心、毫无意识的心理的累积。它从不毫无征兆地显现，无缘无故地给你。当然，最主要的办法是用"爱"来化解。生活里，往事中，典籍内，爱无所不在。抑或它就是爱的激情之本身。

有时候觉得，幸福就是当我的痛苦正在逐渐逐渐地消失，有时候觉得幸福只是一个念头的闪现，有时候幸福是你走过一条临近的街道捡到了一首诗的开头，有时候幸福又是一株植物如女人般将我注视或者一个女人像一株植物般把我吸引……所以我想，没有一种所谓的幸福的生活，人们不可能永远处在一种"幸福"当中。幸福更多的时候只是一个瞬间，一个片段，一个幻梦。正因为这样，我们才懂得幸福的来之不易，幸福的可贵。而我们终究会心怀憧憬与感激地去追寻它。

但愿我们的感情如同大海。海面也许风平浪静，海底却是澎湃汹涌。

要请父母经常从老家到北京来看我们，和我们住一段日子，我们带他们去长城、故宫、老北京街巷转悠，还可以在他们返回老家的时候一起看小津安二郎的《东京物语》。小津的电影里，能看见全世界所有的家庭，父母、兄弟姐妹还有我们自己。

有时会感觉到背井离乡的苦楚，但要是一直待在故乡又是如何呢？但不管怎么样，想到家庭，想到父母及亲人，心头还是暖暖的。是啊，那毕竟是我们的源头，我们最初的梦，我们的根！

到那时我的成就感会成为什么？我想想啊，比如早上我去集市买了一周的素菜、肉食和水果，回来后又把房间整理得干干净净，随后灵感眷顾，又写了一首好歌或一篇美文，之后我满心欢喜在你下班回家之前准备好了可口的晚餐……我会觉得自己很有成就感吧。

我们会很富有。就如同萨蒂耶吉特·雷伊所说，他已经很富有了，因为他可以买他想要的书和唱片。我们不也正是这样吗！

越在外面漂，走过的城市越多，越发现外面没有安全感。说到安全感，外部世界永远没有安全感可言。叫人觉得无处逃遁，走到哪儿都可能有飞来横祸。以至于在街上看到匆匆交错的两个人仅仅是因为不小心碰到了各自的衣角，就导致了恶骂乃至动武，太不美好。

当我的内心有了安全感，我和你在一起就会感觉到很完整，很安全。卡夫卡与老子都道出了世界和生活的真相，老子说：“不出户，知天下；不窥牖，见天道。其出弥远，其之弥少。是以圣人不行而知，不见而明，不为而成。”卡夫卡讲：“你没必要离开房间，待在桌子旁听音乐就行。甚至不必听，等着就行。甚至等也不用等，只要保持沉默就行。大千世界会主动向你走来，由你去揭开她的面纱……”

我想我们以前都是缺乏安全感的，但安全感、漂泊的根、家园，归根到底都由每个人自己掌控，都在每个人的心里。只要我们的这颗心愿意宁静无为，愿意寂静聆听。

昨日翻书读到布莱希特的一首诗——《回忆玛丽·安》，读着读着，心头便隐隐有一丝忧伤的情绪。这时候我并没有想让这种感伤的情绪停止下来，反而，我想叫它延续。因为，渐渐的，我的心里又滋生出一种美好和欢愉。此刻我愿意把这首诗歌默读下来送给你——如果你感到忧伤。

**回忆玛丽·安**

布莱希特

那是蓝色九月的一天，

我在一株李树的细长阴影下
静静搂着她，我的情人是这样
苍白和沉默，仿佛一个不逝的梦。
在我们头上，在夏天明亮的空中，
有一朵云，我的双眼久久凝望它，
它很白，很高，离我们很远，
然后我抬起头，发现它不见了。

自那天以后，很多月亮
悄悄移过天空，落下去。
那些李树大概被砍去当柴烧了，
而如果你问，那场恋爱怎么了？
我必须承认：我真的记不起来，
然而我知道你试图说什么，
她的脸是什么样子我已不清楚，
我只知道：那天我吻了她。

至于那个吻，我早已忘记，
但是那朵空中飘浮的云，
我却依然记得，永不会忘记，
它很白，在很高的空中移动。

那些李树可能还在开花，
那个女人可能生了第七个孩子，
然而那朵云只出现了几分钟，
当我抬头，它已不知去向。

我愿意把一生剩下的时间都给你，你愿意接受我吗？

金大林

亲爱的大林：

谢谢你曾经爱过我。

谢谢你至今依然对我这么好。

我愿意陪你过这一生一世，不管我们用婚姻还是别的形式。我要确定你的心里有我，把我放在一个最重要的角落。

我要确定我自己的心里有你，你在我心里占有最重要的一个位置，这两点都能确定无疑，那么，我就愿意交出所有，跟随命运走。

曾经有一个黄昏，你和我并肩看夕阳，那个时候非常平静而又幸福，让我想起一个女歌手在她的歌中唱过的“让云羡慕现在的我和你 / 像亲密的树又那么独立 / 晚霞离开的时

候 / 繁星微笑的天际 / 足够我们凝神屏息……”。[①]

所谓幸福，我越来越感觉到这是指生命中那些非常具体的时刻，它不虚无缥缈，而是实实在在。你和我看云或是听音乐，或者我们在台灯下各看各的书，互相不说话，写那些书的人和书中写到的一些人可能早已经不在这个世界上了，一个人生活的时光里，那些孤独无语的苍白岁月，夜晚的灯光下她们曾经陪伴着我，灵魂相依偎。

真正的人生指引是不需要见面的，文字里自然藏着我们要的所有答案和秘密。不管是萨冈、狄金森、杜拉斯、麦卡勒斯、简·奥斯汀，还是那个自杀的自白派女诗人普拉斯，或是在自己的房间里写作最后陷入疯狂自沉于河的女作家伍尔夫，人虽然都不在了，可是她们的精神还与我们同在，从未老去，那些英年早逝的天才无与伦比的脸在岁月的河流里永远栩栩如生。

那些书里有关灵魂的故事总是会让我们感到温暖，仿佛整个房间也是温暖的，这时候我会悄悄看一眼你，重新思考幸福的意义究竟是什么。有一些人从不会离开，像能穿越所有的阻碍，带着扑朔迷离的色彩，一直陪伴在我们的身旁。

---

① 姜昕演唱的《嘘（谎言）》。

未来我希望就是能静静地守护你的心灵，也让你守护着我。我说不一定非要用婚姻的形式，是不愿意有任何形式的人为束缚和捆绑，害怕虚假和不自然的成分，只希望可以让我们一起去追寻生活中本该拥有的欢乐，去面对和珍惜所有生活中的美好和感动，去收集天地间万事万物中所有值得人去关怀和爱的惊喜。

男人走着走着有时会对前途很茫然，不知前路是什么，于是就成为勇敢女人的寄居蟹，让女人来养护他们怯弱的内心。女人如果不想承担他的全部，便只能偶尔分享他的悲欢，也许为的只是保全记忆里的完美。不完全拥有，也不会全部失去，留一点距离，关系也许反而更长久。

当然每一种想法都是矛盾的，人是永恒的弱者，命有定数，心又奈何？每个女人的内心都有一个害怕的场，这个场不该太大，不可太小，够我们驰骋如烟，够我们度过无悔。然而，在时间面前，人，是永恒的弱者，很难让自己轻微麻醉，获得朦胧的安宁。所以，我一直徘徊在既爱又怕的边缘。

生活需要每个人交出一份自己的答卷，但现在，我已经不再害怕。因为面前的人，是你，是能够在北京的冬夜里冒着零下十度严寒穿越半个城市赶来陪伴我的你。你的脸，冻凉了的你的手和脚，你的五官，你的身体，你的腰身，你的肚腩，你害怕惊扰我而故意克制的鼾声，你的微笑，你的期待，你的疑虑，你的担心，你的宽慰，你的撒娇，你的叮咛，你的种种放心不下全都围绕着我，告诉我这就是一种平凡而又朴素的真实的感情，比亲人更亲密的感情。在某一个瞬间突然共同降临于我们两个人心头的一份感情。原来我们拥有的世界上最强大的武器，那就是爱。

有时候人生是需要过尽千帆之后才能看到答案的，你也才会明白，生命里最适合你的那个人究竟是什么样子，你最需要的又是什么样的感情，他可能不是最好的，不是外表最光鲜的那个，却是和你待在一起时让你感到最安心、最舒服和最放松的。

也许，命运在一开始就为所有人都准备了一个这样适合的人，而很多人始终不知道，没有能力发现那个命中的礼物。现代人的内心太喧嚣了，来不及静静地在暗夜里倾听自己内心的声音，于是方向总是错，一错再错步步错。

其实只要回头，一切都来得及。

不管有多晚，只要生命没有结束，一切还来得及。

感谢上苍，让我看见了你。

感谢你，让我看见了上苍。

二　毛

# 29

# 另外
# 一种
# 结局

你还记得吗？

前面二毛提到当她在师父家里，师父指着在房间的另外一个角落默默打坐的女孩说："她比你更不幸，因为她那生病得了青光眼日夜害怕自己双目失明活在恐惧之中的父亲对人生绝望，希望和她的母亲同归于尽，于是，他暗下杀心，在 2008 年 3 月 19 日的一个寒冷清晨，残忍地夺取了她母亲的性命。于是，在杀人后自杀未遂的她的父亲被收进监狱，被判了无期徒刑，两年后他在监狱因绝食而亡。"

一夜之间，一念之间，小女孩成了无依无靠的孤儿。

如果她告诉你，那个小女孩也是她自己，你信吗？

一对从来就不合适在一起的男女互相残杀，终于同归于尽。他们给了二毛和三毛生命，却又互相残杀，最后让二毛去面对血淋淋的现场。她甚至都不能怪谁，因为他们是生养自己的父母大人。她只能在自己内心消化那些无尽的痛。那些痛最后变成她脸上和身上的伤。

出事之后二毛再也没有看到过父亲，弟弟三毛去监狱探望过他。据说最后因为绝食，父亲原本一米八几的大高个瘦成了非洲灾民。三毛最后去取了他火化后的灰烬，因为母亲在日记里曾经写过和这个男人生不同床，死不同墓，二毛的意见早就写在脸上，三毛就把父亲的骨灰直接撒在了家附近的运河边。

后来，曾经给她完美爱情的金大林现在还经常和她相隔在两个不同的城市生活，一个忙于挣下半辈子要花的钱，一个在享受生活，享受泰国的阳光。他们经常保持一段距离又感受着思念。

现实总是可以安排各种各样比小说更精彩的故事登场。

但现在她不想说下去了。

七十岁的时候，这个浑身每一个细胞都充满故事的女人也许将完完整整地对你讲她一生所有的故事。而现在，一切还在行走的途中，还没有完全画上句号。

她喜欢的也不过就是经历这些谜一样的故事，精彩而又残酷的人生而已。

不管如何，在人生的结尾，每个人都会像看一场精彩的电影一样来看自己的故事的。希望你的故事也精彩，更希望你的人生平安、幸福。

二毛这一生可能都要和抑郁症做朋友，友好相处。可能每隔几年会发作一下，然后每天就要吃一粒药。

可能越到老年会越怕孤单，那时候心情也会比年轻时更难平复。（她在泰国芭提雅一直在和一个做房地产的朋友交流，希望他把养老社区项目做好，到时他们一帮年轻时在一起的文艺青年还可以一起养老，拿着饭卡吃饭，社区里配医生可以处理简单的病痛。）她于 2019 年 1 月底第三次到了清迈，重新爱上了这个邓丽君最爱的城市。清迈让她的心安宁，她的养老计划又从芭提雅改到清迈，第三次来清迈距离 2013 年和 2014 年各在清迈住了两个月的时间已经过去了五六年。回国后她本来决定等到 2019 年岁末，冬天再次来临的时候，她要在清迈为金大林还有他的朋友和她自己的两个闺蜜在清迈租下一栋带花园的别墅，一起过新年。她曾经的理想就是和好朋友们身着华服周游世界。

但计划永远没有变化更快，还没到岁末，在 2019 年 8 月初的时候，二毛带着她的三个金花姐妹，四个人做了一次印尼巴厘岛的闺蜜游，她的想法又有了一点进化，她们喜欢上了巴厘岛，和泰国比起来，这里更有原始的野味，没那么都市化，麦田和酒吧共处，更能让人异想天开。

四个姑娘租了一栋两层小楼，里面有三个房间，两个卫生间，一个客厅，一个游泳池。有一个印尼当地的管家每天会来打扫卫生。

就是这样的旅行，从此让她爱上了和闺蜜做伴出游的默契自在感觉。

那几个姐妹是素贞、芳芳、兰兰，都有点像她已逝的母亲，温柔又甜蜜。除了90后的兰兰，她们仨都离婚了，芳芳和素贞的女儿和儿子都长大了，而且很优秀。她们画画和做设计，在北京郊外有很大的工作室，养了八九只孔雀，六七只白花兔子，三四只狗和猫，二毛随时可以过去住，一边学习画画，一边和她喜欢的动物享受无忧无虑的时光。

和过去二毛整个冬天都居住在芭提雅或者清迈相比，巴厘岛的四人行其实有点匆忙，前后一共只有五六天时间。第一天包了一辆车去情人崖，在海边有无边泳池的酒店吃下午茶。这家酒店生意太好，使二毛想约个按摩服务的愿望落空，只能吃饱喝足后和兰兰躺在对着海景的长椅上眯一小觉。然后黄昏时再去金巴兰海滩享受烛光海鲜晚餐，海边的落日余晖实在太美，拍下来的照片中，人好像走在落到海里的火红色太阳里去了。

第二天去了乌布，逛街，打卡网红秋千鸟巢，然后芳芳和兰兰去乌布皇宫，懒惰的素贞和二毛就去了按摩店“马杀鸡”。

第三天又是包车去蓝梦岛，坐游艇来回，在岛上又包车包船去看了红树林、“恶魔的眼泪”、梦幻海滩。晚上回到驻地游泳，然后一路上被狗叫声吓着走去 Nook umalas 餐厅吃饭，路上四个女人和众狗狗有复杂的内心交战。

第四天二毛在家躺了一天，其他三个女人继续包车去了海神庙、库塔海滩还有市场，这四天行程满满，倒是和二毛以前悠闲懒散的度假时光完全不同。

女人和女人和平共处亲若一家治愈了她内心的伤痛。她们分享一切秘密，相亲相爱一家人，没有猜忌、占有，各自保留独立空间，回到租用的小楼，各自睡觉洗漱，下楼又可以一起游泳，互相打趣，亲密无间。

她想不管以后大林怎么样，她是要每年都和女人们结伴旅行的，如果他愿意，可以自己或者带着他的朋友加入她们的旅行团。二毛突然想明白了，从早早离婚的外婆到不肯离婚却一辈子享受不到丈夫的温暖打打闹闹悲剧收尾的母亲，再到年纪轻轻时就已经有了一次离婚经验的自己，这三代女人的经验完全可以说明通过和男人缔结一个良缘获得幸福的绮梦可以结束了。男女之间还是互相解脱吧，不要再彼此捆绑，不用互相奴役，也不要上演恩爱大戏，像所有的兄弟姐妹一样就好。不然女人们完全可以通过自己，把自己当神，当主人，团结起来，把自己变成散发热量的太阳，从而自己成为一个发光体，不用再祈求来自任何他者的温暖赐予。

越来越多的女人离婚后不想再婚，有好的交往对象当然也不反对谈恋爱，没有遇到的话她们也不再视男人为人生的最后目标，更有能力独立自在，享受闺蜜间的情谊。无论怎样这都是社会的一种进步。

和快乐的人过愉快的一生，这快乐的人可以是男人也可以是女人，可以是一个，也可以是情投意合的几个人，或者一个集体。人生只是一场旅行，我们不必分得那么清楚。除非阿尔茨海默病降临，所有人将不知道什么是快乐和寂寞，也就不记得忧郁和忧伤是什么东西。

人生就是如此，到最后时时刻刻会让你不知如何是好。最后害怕和对抗的是老之将至的虚弱和恐慌，老的时候更需要抱团，甚至约定好，互相托付，走在后面的要为前面先走的善终。这样将不再害怕。

她不想再为未来可能的绝望而恐惧，她想对着镜子里的美美的自己每天微笑。这时候她的手机响了，二毛拿起电话，电话那头是一个男声："二毛小姐，请问您上次申请的福利院的领养，今天有一个符合条件的女孩，您愿意和金先生过来看看吗？"

## 世事如棋

我把所有的短裙收起，
不再笑得那样无邪，
爱过的人都渐渐消失，
亲人们如今阴阳相隔。

我把所有的记忆封存，
不敢触碰轻易打开，
成长的路慢慢走到现在，
我的故事变成了一本书。

但愿有一天我们都能笑着清点过去，
往事有一天变成了一本书在呼吸。
世事如棋，
谁的人生不是一盘没有下完的棋。
世事如棋，
你和我的棋盘里还有没有可以用的棋。

我把所有的短裙收起，
不再笑得那样无邪，

爱过的人都渐渐消失，
亲人们如今阴阳相隔。

我把所有的记忆封存，
不敢触碰轻易打开，
成长的路慢慢走到现在，
我的故事变成了一本书。

但愿有一天我们都能笑着清点过去，
往事有一天变成了一本书在呼吸。
世事如棋，
你是我的朋友还是对手（或雌雄同体）都磊落光明。
世事如棋，
我们还能否成为爱人同志。

世事如棋，
我们就这样告别（如何分清天堂地狱）。
世事如棋，
从此以后（我们都）不再哭泣（斗争的世界里）。
The Hell Can You See？
The Heaven Have You Even Been？

Let’s Get Drunk Tonight To Have A Nice Dream！

Dream On！ Live To Win！

| | |
|---|---|
| 作词 | 赵波 |
| 作曲、演唱 | 追梦乐队 |
| 艺术总监 | 江苏音乐台 谢阳 |

# 后记

## 婚后三十七年，父亲杀了我母亲

要写下他们的事需要勇气。

在这本书里我回忆了我的小时候、少年时光、青年，写到了中年，这一路相伴的父母、弟弟，一个70后的成长环境与社会背景。

我没有正面写父母亲的事，但是女主人公二毛因为抑郁症求医问药，去拜见修行人的时候，修行人指着房间里另外一个角落坐着的一个十三岁女孩对二毛说："她父亲得了青光眼，害怕自己变成瞎子，焦虑不安，造成长久失眠。之后有一天早晨，在她母亲上卫生间要出来的时候他堵住了门，害死了她的母亲。然后又自己割破手腕上的血管，要和她的母亲同归于尽。那个自私的男人害怕一个人离开这世界，就想带着她母亲一起走。你看她那么小，就要承担这样父母双亡的悲惨命运。”

小说里得了抑郁症的二毛看向十三岁小女孩的目光很像最近杭州来女士失踪事件中的小女孩的目光，不同的是，故事里的小女孩就是二毛，也带着生活中的我的真实的影子。

2008 年 3 月 19 日发生在父母身上的人间悲剧让二毛或主动或被动也发生了伤害自己的事件，那些伤害可能是当时的抑郁带来的，也可能是一种动物保护自己内心的本能：只有用更大的悲痛才能让自己忘记之前受到的伤害。只有更多的来自身体上的伤痛才能遮盖住内心的创伤。

他们的事情过去十二年之后，好像社会上有更多此类两败俱伤的事发生，是因为男性天生的狭隘自私？还是女性经济上越来越强势？如今的社会让男性更没有安全感，危机四伏。男人狗急跳墙起来会利用自己体能上的优势给予身边人最后的攻击，那一击是致命的。

十二年前敲打在母亲脑袋上的那一个伤口到今天还痛在我的心里。

我父亲和母亲是初婚，他们都是上山下乡的知识青年，母亲十八岁被派往连云港东辛农场种棉花，在那里结识了我父亲。我父亲委托他身边写得一手好字的哥们儿代他写情书，这些情书加上我父亲的一表人才，夺去了我母亲的心。

后来他们从农场回到常州，交往后我母亲觉得他和那些情书中表现出的性格不一样，又决定分手。可惜分手之后的某一天，母亲和父亲再次相逢。父亲没有放走母亲，他追了上去。

他们结婚了。三十七年的时光中，母亲为他洗衣做饭，生下一儿一女。可惜，在她六十三岁的一个平平常常的早晨，她的一生都结束了。

我结婚又离婚，弟弟性格有点自闭，和我也不太来往，他不交往任何人，只是为了谋生去做了一份工作。我们看待世间男女之情的眼光大概在十二年前的那个早晨就定下了灰色的基调。

现在我养了一只猫，名叫小黑，这名字是《云上》里弟弟三毛收留的一只流浪猫的名字，后来姐姐二毛因为衣服被小黑踩脏了就偷偷带它出去再次把它遗弃了。我给现在收养的猫起了少年时丢弃的那只猫的名字，感觉往日时光又回来了一些。

当然这一切都是徒劳的，很多事很多人再也不会回来了，我很想念他们。

2020 年 7 月 29 日　于江苏常州兰庭

又及

那些我认识的因为抑郁走掉的年轻人：

高晓红 《时尚》杂志的创办人之一

张永光 崔健乐队最早的鼓手，也曾担任过许巍乐队的鼓手

陈 琳 歌手

吴宇清 南京诗人、DJ

樊其辉 变装歌手、时装设计师

任 航 摄影师

永远怀念他们。